들소 바위

들소 바위

원재길 시집

1부 여행

2부 일상

3부 환상

4부 사람들

1부

여행

그늘

햇살 쨍한 여름날
굽이굽이 오르내리는
오선지
초록 구릉
길고 가는 풀피리
작은북 소리 들린다.

바싹 친 머리에
몇 올 튀어나온
밭 여기저기
서너 그루씩 삼나무들
하나같이 곧고
훤칠하다.

챙모자에 수건 두르고
눈 빼꼼
허리 구부린 여인들
음표처럼 구릉에 붙어

등에 볕 지고
옆걸음으로 찻잎 딴다.

더위 먹어 어질
숨 가빠 비틀
바다로 가던 구름 한 점
가까이 내려와
좀 쉬었다 하세요, 한다.

누군가 오래전에 심어
늦가을만이 아니고
아무 때나 부러진 가지
마른 잎 날리고
이 일 저 일에
걸리적거렸을 나무들

안 베고 놓아둔
그 마음의 향기 가득하고

품 넉넉하여
오늘따라 사뭇
그늘이 짙다.

그리로 들어가 땀 식히는
아름다운
칠월의 여인들
멀리서 본다.
천천히 찻물 우려내
나도 향기로운 사람이 되고자
몸 적신다.

붕새

바닷바람 쐬고 돌아오며
널찍한 언덕길 오를 때
해변에 두고 온 시간들
트렁크에 실어 가는 비린 것들
곰곰 더듬는데
하늘 덮으며 달려드는
웬 바위.

온통 싱겁고 나른하며
졸음 부르는 것들
그 너머에서 별안간
번쩍 날아와
모든 감각을 깨워
눈 뜨게 하는.

큰 붓 들어
좌우로 단번에 긋듯
흰 벽, 팔십 폭 병풍

좌악 펼쳐져
자라목 움츠리고
윗몸 젖히며
핸들 놓쳤다 잡는다.

강원도 고성에
뜬금없는 남녘 땅 이름
그 바위 변화무쌍하여
땅 박차고 솟구치는 백마
흙더미 찍어 날리며
내달리는 매머드 같다.

하늘과 땅 맞닿아 있음이
바위 있어 도드라지고
아교처럼
뭍과 허공을 딱 붙여
별이 곧 먼지
너와 나가 따로 없고

삼라만상이 하나다.

보살이여, 몽글몽글
양 몰고 산 넘는 목자여.
몇 마디 외치는 찰나
귓속이 뻥 뚫리고
자동차는 터널로 달려 들어가고
바위는 장자의 붕새같이
퍼드덕 날갯짓
머리 위로 휙 사라진다.

물고기 귀

바이러스, 비말 감염, 대기 오염 같은 단어에 묻혀 살다 보니, 산소가 모자라 물 위에 주둥이 올리고 뻐끔대는 물고기 신세가 되었어요. 물고기는 폐결핵을 앓던 스물대여섯 살 때를 자주 떠올려요. 어느 봄밤 방바닥에 신문지를 펼치고, 붉은 꽃 뚝뚝 떨어뜨리며 가슴지느러미를 쥐어뜯었어요. 천연기념물 제주 한란을 뭍으로 내려던 이들이 붙들리고, 남미에서 납치된 선원들이 돌아왔다는 기사가 꽃물에 지워졌어요. 새벽에 응급실로 실려갔고, 그 뒤로 주사를 하도 많이 맞아 온 엉덩이에 굳은살이 박였어요. 바늘이 휘어 더는 스트렙토마이신을 몸속에 넣을 수 없어 쩔쩔맸지요. 물고기는 누구보다 자기 허파가 약하니, 맑은 공기를 많이 마셔야 한다는 걸 알았어요. 그때부터 지금껏 날마다 새벽 산책으로 하루를 열어요. 속초건 남해건 부안이건, 어디에 있든지 별빛 종종 좇으며 해 뜰 때까지 헤엄쳐 돌아다녀요. 허파는 하루 가운데 가장 깨끗한 공기를 맘껏 빨아들이고, 즐거이 노래하며 꽈리를 불어요. 그 소리를 또렷이 듣고, 물고기 귀는 덩달아 기뻐 팔랑거려요.

구름 모자

구름은 그냥 지나갈 수도 있는데
대못에 옷자락이 걸렸나
산꼭대기에서 한나절씩
꼼짝도 안 해요.
덕분에 오늘도 산방산은
누구나 탐낼 모자를 뽐내요.

어떤 이들은 보고도 못 보거나
온천물 나는 모양이라지만
어린이들은 그게 어찌 된 일인지
금방 알아요.
한 아이의 설명은 이러하지요.

산꼭대기가 구름한테
말을 건넨 거예요.
얘, 안 바쁘면 놀다 가.
너는 어디에서 왔니?
무엇을 보았니?

먼바다에서 어제
아니, 그제 태어났어요.
제 나이는 이틀이에요.
물 뿜어 올리다
재채기하는 고래
그물에 걸려 뱃전에 올라
부끄러워하는 신천옹을 보았어요.

어른들은요,
자기 속에 아직
저 같은 어린이가 살고 있다는 걸
모르고 산대요.
삶이 팍팍해서라는데
그게 무슨 말인지는 모르겠고
아주 재미난 일이 또 있어요.

구름 모자는 날 만난 듯
이야기보따리를 풀고

산꼭대기는 말을 안 끊으려고
꾹꾹 참다 쿡쿡 웃어요.
덩달아 웃던 돌멩이들
저 아래 용머리 해안 쪽 비탈로
똑똑 또르르르 굴러요.

용머리 귓불쯤을 걷던
눈과 귀 밝은 산책객
발 멈추고 고개 돌려
산을 올려다봐요.
입 조금 벌리고 눈 끔벅
둘렛길로 다시 발 옮기며
그 모자 참 멋지다고 감탄하는데

멍게와 해삼 앞에 놓고
바위 그늘에 앉은
씩씩한 아주머니
어서 이리 오라고 손 당기며

큰소리로 외치길,

구름 모잘랑 그만 배리곡

이거 허꼼 사당 드릅씁서. *

* 구름 모자는 그만 보고, 이거나 사 잡수시오. (제주도 사투리)

다락방

문밖에 한 발짝 안 나가고
벽 보고 앉아서도 온 세상 꿰는 게
경지 가운데 으뜸이라지만
감히 내가 그런 걸
바랄 바는 못 되고
생전에 꼭 가
뾰족탑 눈높이 다락방에서
가을바람과 봄꽃 사이
한 겨울 나고 싶은 곳.

이 일 저 일
온갖 일 번잡하여
그동안 못 읽은 책 읽고
못 지은 시 짓고 싶은 곳.
산과 물과 집들
저들끼리 정답게 어울리고
이 계절에 기차나 자동차는 못 가
배 타고 가는 곳.

관광객 다 떠나가
모든 식당과 숙소 문 닫았고
행여나 굶주리는 사람 있을지 몰라
한두 곳 문 연
말랑한 빵, 졸인 과일
큼큼한 치즈 가게
주물 난로에 주전자 올리고
문틈으로 김 내보내는 곳.

하루건너 눈발 날리며
뽀드득 소리 지나가고
가끔 양쪽에서 마주 오다 멈칫
몇 마디 보태고 멀어져 가고
창턱에 내놓은 화분
눈꽃 피우며 멍하니
골목 내려다보는 곳.

가다가 날 풀려 빗줄기 떨어지면

나뭇가지와 양철 지붕
물방울 찬가 연주하는 곳.

멀고도 먼 알프스 자락
아주 오랜 마을 할슈타트.
어쩌면 생전에 영영
못 갈 수도 있는 곳.
그림에 담아 걸고 바라보며
그래, 참 좋은 곳이지
아침에 눈뜰 때마다
손 들어 인사 보내는 곳.

흑판

휴가 시작된 칠월 말
바다가 그리워 날아온 이들은
먹구름 내린 바다가 두렵다.
모래펄로 내려가는 계단
울타리 문턱을 못 넘고
동동 발 구른다.

해를 삼킨 하늘에
붉은빛 설비쳐
아기를 낳던 날 같은
산통, 어지러움
울렁거림
아이를 무동 태운 엄마가
고개를 가로젓는다.

그냥 집에 있을걸.
큰맘 먹고 여기까지 와
옴짝달싹 못하겠네.

돌개바람 휘돌며
모래 먼지를 높이, 높이
더 높이, 날리고

아빠는 어깨가 빠질 듯
살아온 날에 비해
너무 두껍고 큰 튜브를 내리며
옆구리 째고 나와
찰싹 달라붙은 아이를 달랜다.
갑자기 날씨가 안 좋아졌어.
오늘 태풍이 올라오고
장마가 질 거래.

한껏 거칠어진 파도
온몸 굴리는 파도
기껏 달려와 하는 일이라고는
와락, 모래펄 덮치는 것.
아이가 진저리치며

아빠 팔을 잡아챈다.

마침내 장대비 쏟아져
모두 슬리퍼 벗어 들고
비명 속으로 흩어진다.
달려라, 뒤처지면 죽는다.
풍경이 곧
흑판으로 바뀐다.
입체는 없고
완전 평면 티브이다.

그게 인생이건 축생이건
모든 삶은 언제든
느닷없이
네 다리 들고
나뒹굴 수 있다며
흑판이 들들들
부들부들 떤다.

무쇠 턱

스무 해쯤 꼭꼭 숨겨 둔 비밀인데, 울진에 가면, 남쪽 해안선 따라 얼마만큼 내려가면, 개미 한 마리 없는 자갈밭이 나오는데, 뾰족한 바위가 많아 발 다칠 수 있어, 한여름에도 사람이 잘 찾지 않는 곳에 악어가 살아요. 악어는 늪이나 강에 사는 동물로 알려졌지만, 이 악어가 왜 그곳에 왔는지는 모르겠지만, 막 바닷물로 들어가려다 멈칫한 모습인데, 가까이에 악어새가 없어 늘 이빨에 무언가 끼어 있어요. 어찌나 갑갑한지 꼼짝도 안 하고 넋 나간 얼굴이에요. 그 모습이 터럭만큼도 안 무서워요. 이따금 악어를 발견한 이들이 자갈밭을 건너가, 악어 머리를 살살 쓰다듬고 앞발을 톡톡 쳐요. 겨드랑이를 간질이기도 해요. 악어는 눈 가늘게 뜨고 킥킥 소리를 내더니, 웃음을 딱 그쳐요. 사람 가운데도 이런 사람 있잖아요. 무척 점잖아 보이는데, 누가 자꾸 건드리고 놀리면 버럭 성내는 사람이요. 더는 못 참겠다, 하고 호랑이 눈빛을 번득이고, 독수리 날개를 활짝 펼치면서요. 겉보기에 점잖은 사람이라 해서, 언제까지나 그러고 있으리라는 법은 없어요. 그런 사람이 성내면, 날카로운 이를 드러내고 무쇠 턱을 쩍 벌리는데, 발끝마다 번쩍이는 창칼을 세우는데, 조심하셔야 해요. 악어를 그만 건드리고, 그만 놀리는 게 좋아요. 크게 다친 뒤는 뉘우치기에 늦어요.

그 바람

눈 못 뜨게 바람 몰아치는 날
휘어져 누운 소나무
숲 지나면 가파른 모래펄
우르르 밀려오고
또 밀려오는 파도에
뒷걸음치다 넘어졌나요.

저 멀리 흐릿한 섬
이름은 하섬이라는데
썰물 때 걸어 들어갈 수 있다는데
바람에 이리 밀리고 저리 쓸리다
더는 못 견디게 울렁거려
우듬지에서 후두두 토해 내는
새들을 보았나요.

종잇장같이 날리는 새들에게
파도에 휩쓸리면 큰일 나요,
헛되이 그렇게 소리쳤나요.

어디에도 사람 그림자 없고
파도 타며 펄떡이는
내달리며 물고기 쫓는
그 바람, 바람 소리에
귀 막았나요.

비틀대며 모래펄 떠나
숲에 세워 둔 차로 돌아가
소금기 밴 단내 내며
손 하나 드나들게
창 내렸나요.
모래알 박힌 얼굴로
축축한 담배를 꺼내 물었나요.

불안과 허기, 얼음 같은
온기 없는 것들,
매정한 당신은
무엇을 사랑하나요.

이 모든 것들을 한꺼번에
못 부치거나 안 부친
종이에 돌돌 말아
창밖으로 던졌나요.
도로 차 안으로 날아 들어와
손 저으며 기침했나요.

한겨울 저물 녘
변산 고사포에 가 보았나요.
우르르 밀려오고
또 밀려오는 파도에
움찔, 어깨 오르내렸나요.
살아서
살아 있는 것들을 사랑하는 일이
괴로운가요.
괴롭도록, 아름답다는 말을 믿나요.

말이 없다

일천 년 전 고려 시대 때, 씨앗 한 알 떨어져 봄비에 물러진 껍질 벗고, 오랜 세월 날마다 가지 하나 뻗고 잎사귀 열 늘려, 웅장한 집채를 이루었다오. 높이 열한 척에 우리 가슴께 줄기 둘레는 네 척, 열 명 남짓 손잡고 빙 둘러서야 하고, 이쪽에서 저쪽 끝 너비는 팔 척이 넘는다 하오. 그게 얼마만 한 높이에 얼마만 한 두께, 얼마만 한 너비인지, 집 안에 앉아서는 가늠이 안 되어, 많은 이들이 꼬불길 차 몰고 달려가 문막 반계리 나무 만난다오. 물러서고 다가서는 모든 눈 불거지고 입 벌어진다오. 저 많은 잎이 뿌리 하나에서 나왔다니. 저 드넓은 노란색을 줄기 하나가 뿜어냈다니. 기막혀 말이 안 나온다면서 말만 잘한다오. 건들바람이 길게 불며 어깨 치고 겨드랑이 간질일 때는, 큼큼 콧소리 내거나 빙그레 웃을 법도 하지만, 그 나무 꼼짝 않고 서 있을 뿐 아무런 말이 없다오.

사인암에서

산자락에 등 떠밀려
툭 튀어나온
위아래로 길고 네모난 바위
옥색 개울에 발 담갔다.
볕 잘 들고 기름진 들
두 철씩 번갈아
맵고 야무지게 자라는
고추와 마늘 밭 바라본다.

틈새에 깃든 풀잎
솔가지까지 촘촘히 옮긴
단원의 수묵화 먼저 보고
아침나절 바위 앞에 선다.
소문대로 단양은 단풍의 고장
갈색으로 바탕 입히고
붉은색 하나로 덧칠했다.

정조가 나랏일에 바빠

그림으로라도 보고자 해
단원은 수많은 골짜기 봉우리
건너고 오르내리며
숨가쁘게, 멋지게
금강산을 그려 냈고
중인으로는 넘보기 힘든
고을 사또에 올랐다.

날마다 매잡이 데리고
앞산 뒷산 동네방네
웃고 떠들고 들었다 놓으며
꿩 잡으러 돌아다닌다고
상소 올라가 쫓겨났지만
젖떼기 때부터 붓질한 이가
백성 돌보는 일을 얼마나 알까.
화구 들고 절경 찾다
고을 양반들 눈 밖에 났겠지.

그이가 사또 시절에 와
화선지 펼쳤을 자리를 더듬는다.
바로 여기쯤이겠다 싶어
발 붙이고 고개 드니
내가 그날의 단원인 듯
소매 걷고 숨 고르며
붉어진 낯으로 웃는다.

농부들 모닥불 피우고
손 녹이며 마늘 심느라 바쁜데
목이 바짝 타 들어가
물 마시고 다시
바위를 살핀다.
배고픈 이들에겐 떡 같고
마음이 고픈 이들에겐
책더미로 보이겠구나.

언젠가는 나도 그리고 싶어져

열 손가락으로 짠 캔버스 틀
눈앞 허공에 띄워
바위를 가둔다.
눈 가늘며 뜨고
구도를 잡는데
마음은 벌써 집에 돌아가
붓 들고 물감 짠다.

겨울 산행

잊고 싶은 일
지우고 싶은 시름 있으면
온종일 산을 타요.
깎아지른 절벽이
그 일 절반 뚝 떼어 가고
길게 누워 쉬는 등성이가
시름 덜어 주어요.

오늘은 털모자 눌러쓰고
치악산에서 가장 높고 가파르다는
비로봉 길 걸어요.
바람 휘몰아쳐
체감 온도 영하 이십 도
어금니 앙다물고
한 발 한 발 사다리 타요.

앞서 올랐던 향로봉 길과
비슷한 줄 알았지요.

절레절레 고개 흔들며
입김 밭게 뿜어요.
곧 다리 꺾이고 허리 휘어
손으로 무릎 짚고 엉금엉금
한 번에 열 걸음 못 가요.

한나절이 어떻게 지났는지
가까스로 꼭대기에 오른 건 맞고
된바람에 팽이처럼 돌다
바위틈에 웅크려 앉아요.
마디 곱은 손으로
어렵게 연 배낭 속
김밥과 물병이 돌덩이에요.

숨 가라앉히고 둘러보니
시루 뒤집어 떡 내린 듯
높고 둥근 돌탑이
하나, 둘, 셋 서 있어요.

꿈에서 어떤 사내가
이래야 잘산다는 계시를 받고
산 아래서 여러 해
돌 져 날라 쌓았대요.

다시 무릎 짚고 일어나
돌탑에 꾸벅 절해요.
몸 녹이며 따뜻한 피 돌고
어떻든 잘사는 건 좋은 일
배가 등에 돌아가 붙고
다리 후들거려도
마음만은 가뿐하게
산 내려가요.

길을 잃다

해 떨어진 지 오래
자동차 불빛으로 더듬더듬
찾아 들어간 애월.
꿈 없이 자고
이튿날 새벽 눈 비비며
뒤뜰로 간다.

산꼭대기 하늘이
점점 뜨겁게 타올라
둥실 해가 뜨고
얼굴이 후끈해진다.
문득 고깃배 통통 떠가는
바람 시원한 바다
물구나무선 가마우지가 보고 싶어
대충 저쪽이겠거니
터벅터벅 걷는다.

신호등 받아 길 건널 때

창고 앞에서 말이 맞는다.
푸우푸우 입술 떨고
얼룩무늬 살갗 털며
옆눈으로 본다.
이리로 쭉 가면 바다가 나오니?
얼룩말은 귀 쫑긋
뭔 소리지? 하고는
고개를 돌린다.

길은 부드럽게 언덕을 넘어
넓은 들을 펼친다.
걸음 늦추고 돌아볼 때마다
이미 훤해진 산을 배경으로
안짱다리 할머니가 걸어온다.
타박타박 꾸준히
내가 온 길을 되밟는다.
할머니 얼굴에 슬몃슬몃
미소가 스친다.

한 시간 넘게 걸어도
수평선은 안 나타나고
어쩌란 말인지
새로운 들이 또 열리고
저절로 바닥에 발이 붙는다.
해는 눈썹 위로 올랐고
내 어깨는 한껏 처졌다.

발끝 내려다보며
곰곰이 묻는다.
나는 어디에서 와
어디로 가는 걸까.
인생이라고도 부르는
이 길은 언제 끝나며
그다음엔 무엇이 있을까.
빛, 칠흑 어둠.
저 할머니는 아실까.

흘러내린 머리칼
쓸어 올리는데
타박타박 소리 다가온다.
길가로 비켜서는 순간
할머니 옆모습이 스치고
절뚝절뚝 나를 앞질러
저만치 훌쩍 걸어 나가신다.

두물머리

하나는 북한 땅 금강면 옥발봉
또 하나는 태백시 금대봉에서
먼 길 쉬지 않고 달려와
왠지 낯선 물빛
색다른 냄새에 멈칫
곧 서로 몸 섞는 곳.
처음 짝 만난 기쁨에
곱절 넘게 물 불어나는 곳.

그 물 보러 오는 이들이
잠깐도 끊이지 않아
만나고 또 만나고
헤어지고 또 헤어짐이 예삿일임을
한눈에 보여주는 곳.
가끔 바람 쐬러 들르면 좋고
오래 안 들르면 허전한 곳.

길고 둥근 모래섬 끝

열댓 길 느티나무 아래
숨 돌리며 귀 씻는 곳.
혼자 오는 이들도 많아
벤치에 조용히 앉아 있거나
무언가 뒤적이거나
어색한 낯으로 서성대는 곳.

어지러운 마음을 물에 적셔
정성껏 감다 고개 들면
물 흐름이 보이는 곳.
내 마음의 흐름을
그때그때 달리 비추어
물살이 성마른 자리도 있고
무척 느긋한 자리도 있어
일렁이고 출렁거리고
넘실대고 내달리는
모든 수력의 집합.

하늘과 물이 스치고
부딪히고
되튀며 빚는
개울과 시내
여울과 강에 관한 시편들이
물수제비뜨고 퍼덕퍼덕
무리 지어 날아오르는 곳.
새들이 시를 부리로 물어
나무 둥지로 나르는 곳.

혹시라도 아는 이를 만날까
설레는 곳.
누구하고도 말 못 나누고
그늘에 내려놓았던 생각들
실바람에 실어 보내고
슬렁슬렁 돌아
휘적휘적 떠나는 곳.

들소 바위

일찍 더워진 오월 초
어린아이나 어른이나
젖병 물 듯 아이스크림
얼음물 물고 핥고 뜯으며
반소매로 돌아다니는 섬
표선 지나 해안선 따라
성산 오르다, 이런
길 잘못 들었네.
사방 탁 트인 곳
저 멀리 지평선 끝까지
아무도 안 보인다.

바닷빛 고등어
노을빛 옥돔
고깃배보다 크게 그려 넣은
물고기 비늘처럼 칠 벗겨진
갑자기 누가 툭 튀어나와
팔 벌리고 막아설 것 같은

어마하게 큰 해산물 저장고들
띄엄띄엄 서 있다.

둘레 살피며 좀 더 가다
차 세우고 내린다.
아침 햇살 막 가 닿은
검은 흙, 현무암 두른 밭
몽글몽글 아지랑이 헤치고
오른쪽으로 돌 때
바다가 출렁 떠오르고
예전에 배 대던 곳인지
물속으로 내리막길 사라진다.

저벅저벅 발소리
길고 야윈 그림자에 놀란
고생대 삼엽충 닮은
갈팡질팡 갯강구들
다리가 많아도 너무 많아

서로 꼬였는지
헛다리 짚고 허둥대며
미끄러져 흩어지고
저 앞바다에 등이 불룩한
짐승 한 마리 보인다.

나처럼 길 잘못 들었나
딴 세상 하늘에서 유성으로 와
이 외딴 데 뚝 떨어졌나
떡하니 물에 박혀
홀로 파도와 맞선다.
숨 돌릴 틈 없이
파도에 맞고 또 맞으며
물 부채 펼친다.

어떤 짐승보다 커 보이고
한때는 몇 곱절로
다부지고 우람하여

세상 두려울 게 없었을 바위
깎이고 또 깎이며
묵묵히 세파를 견딘다는 말이 무언지
어떤 때 쓰면 딱 좋은지
온몸으로 보여준다.

옷에 물방울 몇 개
튀었을 뿐인데
폴짝 뛰고 털고 비비는 인간은
다시 바위와 눈 맞추고는
부끄러움이 무언지는 알아서
콘크리트 더미인지
사람 넓적다리인지
그 뒤로 슬며시 돌아가
쪼그려 앉는다.

귀여운 것들

저 바위에 입이 있다면
망치로 쇠 말뚝 때려 박고
어쩌다 땀이 눈에 들어가
자기 손 잘못 쳐
악, 비명 지르고
밧줄 타고 빙그르 돌다
발 뻗어 겨우 멈추며
목청껏 서로 힘내라고
외쳐 대는 이들에게
무어라 말할까.

누가 좋은 일에 쓰라고
일부러 그랬을 리 없고
익은 밥 먹고
그리 할 일이 없어
말은 거창하게
이 민족의 혈맥을 끊고자
일제는 방방곡곡 돌며

이름난 산 너럭바위마다
쇠 말뚝을 박았다.

그걸 아는지 모르는지
오늘도 저들은 바위 허벅지
옆구리와 배꼽, 겨드랑이
가슴팍과 얼굴에 구멍 내고
멀쩡한 곳 안 보여야
직성이 풀리는지
이를 악물고
돌가루 뽀얗게 날리며
꼭대기로 다가간다.

온갖 데 들쑤시고 다녀도
마음자리 못 찾고
함부로 넘보고 탐낼 때
한눈에 위엄 넘치고
수억 년 한곳 지킨 바위에게

잠깐이나마 그들을
상대할 생각이 있을까마는.

너희는 부지런히 실오라기 띄워
내 몸 타고 간지럽게
바늘구멍 송송 내고 올라와
귀여운 살덩이
포동한 아기 궁둥이
내 머리에 한번 대 보고는
아무쪼록 탈 없이
잘 돌아가거라.

나는 눈 감고
깊고 아득한 궁륭
내가, 우주가, 태양과
별과 달이 건너온 세월
앞으로 나아갈 날 더듬으며
저 바람과 구름

새들의 노래를 즐거이
귀에 담겠노라.

흥원창

문막 지나온 섬강이
돌돌돌 여울 지나
남한강으로 흘러드는 곳.
일 보러 나갈 때나
멀리 다녀올 때
무언가 잃은 걸 찾는 사람처럼
꼭 올라가 서성대는 곳.

양쪽에 얕은 산 끼고
어디로도 새지 못하게
너른 물 가둔 곳.
충주에서 급히 온 물
쉬엄쉬엄 여주로 가는 물
버드나무들 그 물에 뿌리 씻으며
실가지 흔들어 거미줄 털고
거칠고 모난 마음 오래 닦아
반질반질해진 자갈
흰색, 갈색, 연청색으로 반짝이며

볕에 잘 마르는 곳.

새들은 새들답게 재잘대고
새끼 때부터 팔뚝만 했을까
굵고 힘찬 누치들
실개천까지 나선형으로
괜히 올라왔다 돌아가고
사흘에 한 번은 잊지 않고
온 하늘에 노을 지는 곳.
카메라 거치대에 올려놓고
맘 졸이며 기다리던 사진사들
깡충깡충 뛰는 곳.

먼 옛날 강원도와 충청도에서
세금으로 거둔 곡식
차곡차곡 쟁여 두었다가
황포 돛배에 실어
찌거덩, 찌거덩

한양에 보내던 곳.
짐꾼과 뱃사람이 묵던 주막이
처마 잇대고 늘어서
아직도 불 때는 연기
언뜻언뜻 보이고

가마솥 뚜껑 드르륵 열면
시래기 된장국 냄새
뜨거운 김, 훅 올라와
막걸리로 목 축이던 일꾼들
들나물 무침 한 입
가득 넣고 우물거리며
강릉과 제천, 정선 사투리를
말과 소 울음에 섞던 곳.

그 소리에 귀 열고
오래 눈 감았다 뜨면
달구지와 돛배, 일꾼들

밥 짓는 여인들
모두 어디론가 사라져
바람만 물결 타고 불어가
이 고요, 막막함
깊고 드넓어
강둑 끝까지 두리번대며
양쪽 번갈아 내려다보다
어둠 밟으며 돌아서는 곳.

2부

일상

봄비

비 온다.
긴 가뭄 끝 적신다.
동쪽 해안선 따라
수많은 마을 불타고
뒷불 좀 남았을 때
눈총 받으며 온다.

기다리는 것들은
끝내 안 오거나
뒤늦게 온다.
사랑하는 사람
꿈꾸는 세상.

오늘 새벽
집 앞 논에서
개구리들 입 벌리고
힘껏 먹구름 삼키며
그토록 울더니

비 온다.
논밭, 둔덕, 흙길
눈물 마른 자리
촉촉이 적신다.
잿빛 초목들
그을린 눈 뜬다.

초대장

너무 멀어
꼭 다녀가라는 말은
차마 못 하겠고

창밖에 저녁 비
늙은 매화
한 그루

오늘 움트니
내일 낯선 풍경
빛 보겠네.

어떤 생

어디 갔지?
강아지가 안 보여요.
아까 차에 치였어.
저런.
어떻게 했어요?
저기 저 밭에.

개 주인은 몸이 성치 않아
삽질을 잘 못한다.
강아지를 대충 묻고
흙을 훌훌 뿌렸다.
보들보들한 다리와
허벅지가 드러났다.

어미 개가 붙어 앉아
강아지를 핥는다.
밑에서 위로 길게 핥고
또 길게 핥는다.

눈동자에 다리와
허벅지가 비쳤다.

차 한 대 쌩 지나가고
어미 개는 흠칫 놀라
멍하니 쳐다보고
잠깐 무슨 생각을 하다가
다시 핥는다.
사랑을 덜 받고 떠난
어떤 생을.

아침 식탁

커튼 활짝 젖히고
앞뜰 보며 기지개 켠다.
푸짐한 것들
지글거리고 부글거리는 것들
둥글납작한
욕망 덩어리

혀 살찌우고
코 벌름거리게 하는
모든 생각을 몸속에 가두는
복잡하고 더디며
번들번들한
오랜 식단을 버리고
하루에 한 끼는
가볍게 먹는다.

햇살 한 움큼
떡 한 조각에 묻혀

천천히 넘기고
서늘한 공기
조금씩 나누어 마시고
사과 한 쪽에 차 한 모금
날개 털며 사뿐사뿐
식탁을 뜬다.

어느 날 저녁에

버스는 지름길로 안 가고 잇달아 샛길로 빠져, 학교와 기차역, 쇼핑센터에 들렀다 나오고, 학생과 여행자, 쇼핑객이 번갈아 오르내리고, 친구에게 무슨 말을 할지 잠깐 생각해 보고, 저녁으로 무얼 같이 먹을까, 밤낮없이 곁에 붙어 아내를 돌본다는데 오래 잡아 둘 수는 없겠고, 가도 가도 끝이 안 보이는 길, 빠르게 어두워지는 길, 색깔 짙어지는 건물, 연기 나는 수상한 골목, 아픈 사람들과 안 아픈 사람들이 서로 모르는 척 섞여 오가는 길, 사람이 세상에 와 끝내 안 아플 수는 없고, 언젠가는 멀리 떠나게 돼 있지만, 아내의 시간이 째깍대는 소리가 끝없이 귓가를 울려, 다른 소리가 잘 안 들릴 친구를 도울 길이 있을까, 미안하네 친구여, 늘 그랬듯이 덤덤히 이 말 저 말 아무 말이나 주고받을 수는 없겠고, 차라리 버스가 계속 샛길로 빠져들고, 자꾸 붉은 신호에 걸려 멈추어 서고, 아예 신호등이 고장나 버려, 영원한 잠이라는 정류장에 이르지 못했으면 싶기도 한, 봄으로 건너가는 어느 날 저녁, 아내가 큰 병 든 친구 만나러 가는 길.

돌멩이

뒷산 산책길, 밭 울타리 넘다 호되게 나가떨어졌어요. 오른쪽 엉덩이 위를 무언가에 딱 찧고, 빙빙 도는 하늘 보고 한참 누워 있었어요. 등허리 뒤로 손 넣으니 큼지막한 돌멩이가 잡혔어요. 피노키오처럼 뼈를 하나씩 맞추며 일어났어요. 산길을 계속 오를 엄두가 나지 않아 절뚝이며 골짜기로 들어섰어요. 개울이 온통 새하얗게 얼어 물 뿌린 듯 반들거렸어요. 살금살금 얼음판 건너는데 퍼뜩 돌멩이가 떠올랐어요. 만일 그 돌멩이에 찧지 않았더라면 이렇게까지 조심할까. 더 요란하게 넘어져 크게 다칠 수도 있었겠어. 작은 고통이 큰 고통을 막고, 묵은 길이 새 길을 열어요. 골짜기를 지나자 눈앞이 시원스레 트이며, 바닥 고른 땅이 어서 오라고 반겼어요.

참나무

참되어 참나무
진짜 나무 참나무
저마다 이름 뜻 남달라
졸참, 상수리는 야무져라
갈참, 굴참은 싱그럽고
신갈, 떡갈은 넉넉하여라.

돌만큼 줄기 단단해
가뭄에도 잎 푸푸해
우리나라에서 가장 많다는
참나무 언덕에 올라앉아
한껏 고개 젖히다가
벌렁 눕는다.

꺽다리들, 모두 어찌나 큰지
우듬지는 어림도 없고
어깨까지도 눈에 안 잡혀
이렇게 보는 각도는

예각이나 둔각이 아니라
올려본각 구십 도.

나무를 우러러보는 사이
새록새록 생각이
맑고 깊어지며
이른 봄날 아침
아직 코와 귀 시린데
나뭇잎 너머 구름 빛
눈부시기도 해라.

사람이 사람 볼 때도
한껏 자세 낮추면 올려본각
덩달아 마음 낮추게 되겠지.
그만 일어나 나무를 껴안는데
기특한 녀석, 하고
잔가지로 머리를 쓰다듬는다.

수국

별 따가울 때
더위 먹으며 피는 꽃
얇게 저며 켜켜이 쌓은 비누
연못 잔물결 닮은 꽃
부드럽고 수수하며
수줍음 많은 꽃.

수북수북 모여 있어도
어지럽지 않은 꽃
허전한 마당 양달에
한두 그루 심고
자갈 두르면 한결
덜 적적한 꽃.

정겨운 동무들
젊은 날 이모 같은 꽃
무릎에 조카 앉히고
그래서 그다음에

어찌 되었냐면 말이지
자분자분 재미난 이야기
머리칼 고르며 들려주는 꽃.

어렸을 때도 좋고
나이 들어서도 좋은 꽃
담장 너머 이웃 건너다보며
늘 보는데도 반가워
살랑살랑 손 흔들고
방긋 웃는 꽃.

벤치

대공원 둘렛길
걷고 또 걷고
또다시 걸어
더는 못 걷겠다 싶은
어스름에 만난 벤치.

비어 있는 벤치
서너 사람은 너끈히
앉을 벤치
마침 오가는 사람 없어
드러누워도 될 벤치.

오늘도 수많은 이들이
앉았을 벤치
콜라 흘리고
빵 크림 묻히고
아기 기저귀 갈며.

오랜만에 혼자인 벤치
숨 고르는 벤치
호수 위를 날아
집으로 돌아가는 새들
가만히 보는 벤치.

잠깐 앉았다 가려다가
좀 더 쉬세요, 하고
발뒤꿈치 들고
멀리 빙 돌아
지나쳐 가는 벤치.

벌레들

잘생긴 고구마, 벌레도 안 먹는 고구마를 키우려면, 봄 밭에 제초제를 듬뿍듬뿍 뿌립시다. 깨끗이 풀 죽이고 풀 씨를 말립시다. 토양 살충제를 뿌려 땅속 굼벵이와 벌레를 말끔히 없애고, 고구마를 때깔 좋게 만드는 붕사를 뿌립시다. 고구마 싹을 심은 뒤에, 여름내 밭 둘레와 고랑에 풀 싹이 보일 때마다 제초제를 뿌립시다. 고구마가 너무 크지 않고 고르게 자라도록, 아낌없이 성장 억제제를 뿌립시다. 이제 그 밭에는 원소 기호로 불리는 흙이 있을 뿐, 생명체가 없어요.

올해도 호미 들고 무릎 꿇고, 시속 이십 미터로 가을볕을 헤쳤어요. 한 달 만에 혼자 오백 평 고구마를 캤어요. 호미 날처럼 오른쪽 어깨가 앞으로 휘고 척추가 틀어졌고, 바지 무릎에 바람구멍 나고 얼굴이 새까매졌어요. 못생겼지만 영양분 넘치는 고구마를 먹고 더욱 건강해질 이들을 떠올리며, 온 뼈가 아리는 통증을 잊고 보람을 맛보았어요. 산그늘 쪽 마지막 고구마를 캘 때는 눈시울이 시큰해졌어요. 고구마 두 트럭분을 함께 캔 호미를 앞에 놓고, 밭에 넙죽 엎드려 절했어요.

밭을 떠나며, 그동안 내 손등을 타 넘고 목덜미 간질인 벌레들, 바닥 짚은 손과 무릎 앞쪽을 지나던 벌레들한테 인사했어요. 고마웠어요, 내년 봄에 다시 만나요. 개미와 돈벌레, 지네, 방아깨비, 메뚜기, 도마뱀, 거미, 지렁이, 굼벵이, 그리고 이름을 모르는 온갖 벌레들. 땅을 지키고 사람을 살리는, 자연의 주인이자 생명의 은인들.

벽화

들바람 타고 날아왔나
박새가 물고 가다
무얼 보고 웃다 놓쳤나
흙비에 씨앗 껍질 물러져
멈칫멈칫 싹 틔웠을 텐데
언제부터 네가 그곳에 있었는지
꿈에도 알지 못했네.

전쟁 직후 늦여름에
뒷산 소나무 자르고 거북등 벗겨
기둥 세우고 서까래 걸고
감자 캐고 두어 달 놔두었다가
채 걸어 고른 앞밭 흙에
짚 넣고 이겨 바른 집.
오래도록 손 안 닿은
부엌문 곁 빛바랜 회벽에
한 발 너비로 자리 잡았다.

이런 마법이 또 있을까
거미손이 따로 없다.
접착액 내뿜지 않고도
땅속이 아니라 허공을 기는
멋진 두 단어의 조합
공기뿌리 내어 벽에
척척 달라붙는다.
햇빛에서 우려낸 연둣빛
실줄기 한 올 또 한 올 뻗고

밤에는 죽은 척 자고
아침 이슬 굴러 떨어질세라
얼른 받아 낯 씻고
다시 줄기 뻗고 잎 낸다.
줄기 마디마다 한 장씩
단풍잎 쏙 빼닮은
아기 손바닥 펴 보이며

그 손에 무얼 쥐여 줄 새 없이
천연의 벽화를 완성했다.

마당 끝 흙집 떠나
오래 잊고 지내다가
호미 찾아 돌아다니던 가을날
덩굴을 다시 본다.
아무도 안 보는 사이
홀로 즐기며 잘 다듬고
깊이 물들어
저리 고운 빛
이 땅 어디에도 없다.

철들어 가다

마당에 깔개 펼치고
조심조심 나무에 오른다.
뼈마디 뚝뚝 잘 부러지는 약골
그래도 굵은 가지 잘 골라 밟고
잡아 흔들고 툭툭 쳐
후둑, 후두둑
감 비를 쏟는다.
항아리에 식초 만들 감
따로 담아 꼭꼭 감싸 덮고
나머지는 뒤뜰로 나른다.

오래 꺼 둔 냉장고에
전원 넣고 감 넣는다.
얼면 안 되고
썩어도 안 돼요,
온도를 잘 맞춘다.
겨우내 하루 이십사 시간
감은 찌릿찌릿한 전기를 먹으며

웅웅 운다.

봄날 꺼내 먹는데
고루 잘 익긴 했다만
기다린 맛이 아니다.
물에 삶은 듯 물컹물컹
가을 정취를 잃었다.
높고 푸른 하늘
폴폴 날리는 새털구름
옷깃 파고드는 찬바람

귀뚜라미 여치 울음
추석 차례상 차리는
어머니 손길
아이들이 다녀온 소풍과
마당 떠들썩한 김장
길 건너 밭에서
탈탈탈 콩 터는 소리.

때를 모르는 사람은
철이 안 든 사람
때깔 좋아도
떡인지 과일인지 모를
감 먹다 말고
고개 갸웃, 눈 끔벅
철들어 간다.

홍수와 가뭄에 관한 메모

하루 이틀도 아니고, 뭔 천둥이 이리 잦고 뭔 비가 이리 퍼붓는지, 넘치는 개울, 사라지는 길, 터지는 논둑 밭둑, 여름 감기 걸리도록 속살 젖고 뼈 시리고, 끝없는 삽질에 어깨 빠져, 온종일 들 누비는 농부들.

집 안에서 일하는 사람이라고 몸과 마음 편할까, 앞뜰 흙집 천장 젖어 흙물 주르륵, 뒤뜰 서고 천장도 물 새어 바닥에 쌓아 둔 시집, 소설책, 전집 젖고, 금세 찰랑 넘치는 물통 내다 비우며, 글 한 줄 못 쓰고 맞는 어둠.

한숨으로 떨리는 불빛 덮고, 뾰족하건 무디건 아무런 대책이 없는 밤, 눈두덩에 쇳덩이 얹고 다리 후들거려, 물 바닥에 주저앉을 판, 이 난리에 어찌 저리 힘이 넘치는지, 빗소리 헤치고 날아오는 새벽 닭 울음.

비 난리 이듬해엔 가뭄 난리, 마당 수도 파이프 속으로 헛바람 휘이익, 손 내저을 새 없이 바짝 마르는 땅속 물, 길 건너 혼자 사는 노인, 밥 먹은 뒤 설거지하러 개울로 내려오다 휘청, 기어이 꽈당, 그릇과 수저 좌르르 쏟아져, 맨땅에 털썩 앉아 올려다보는 쨍한 하늘.

봄날 가물면 감자 옥수수 농사 망치고, 여름엔 갈라진 논에서 벼 누렇게 타고, 깨밭에 깨가 쏟아지기는커녕 고구마 밭까지 불붙고, 가을 가뭄에 납작 엎드린 배추, 겨울이라고 괜찮을 리 있나.

눈 내린 지 오래, 물기 없어 땅속 안 얼어, 내년 봄까지 온갖 병해충 고스란히 살아남겠고, 이래도 걱정 저래도 걱정, 솥 작아 밥 모자라 봤나요, 쫄쫄 굶는 나보다 걱정 많나요, 먼 산 겨우 넘어오는 소쩍새 울음.

배부른 색

앞서 너하고 같이 심은
옥수수에 꽃 피었네.
개꼬리라고 부르지.
가난한 집 개를 보고 이름 지었나
꼭대기마다 비쩍 마른 꽃이
꼿꼿이 올라와.
찰지고 달며 반짝이는
구두코 같은 옥수수 맛볼 날
박자 맞추며 척척 다가와.

고구마는 가는 팔 길게 뻗고
널찍한 손바닥으로 고랑 덮으며
한껏 일손을 덜어 주어.
한 달 넘게 날마다
바랭이와 명아주, 쇠비름 뽑고
환삼덩굴, 며느리밑씻개 걷어 냈지.
땅속에 고구마 알 맺히면
귀신같이 냄새 맡고

귀여운 멧돼지들이 몰려와.
슬슬 요 녀석들
혼낼 준비를 해야겠어.

채소도 무럭무럭 자라.
아무 때나 갖다 드시라고
이웃에 얘기해 놓았어.
멍멍이들 짖어 내다보면
남녀 한 쌍이 바구니 들고
텃밭에 들어가.
고추와 토마토, 오이
호박, 상추, 겨자채
쑥갓, 바질, 루꼴라 툭툭 따고
쑥쑥 뽑아 흙 터는 소리
온 뜰을 울려.

이런 계절엔 몸뿐 아니라
마음까지 투실투실 살쪄.

녹색을 볼 때마다 저절로
배가 불러와
아무 일 없는데도 자꾸만
밭을 바라보게 되네.
찜솥에서 착착착착
엊그제 캔 감자가 익어 가.
익을수록 뽀얘지는 속살
찬물에 담가 둔 수박 곁들여
점심 먹으러 갈게.

미용사들

고라니가 또 가볍게 울타리를 타 넘어, 고구마 밭에 들어가 미용 솜씨를 뽐냈어요. 줄기를 싹둑싹둑 잘라 파마머리를 상고머리로 바꾸었어요. 짓밟은 데는 머리칼이 뭉텅뭉텅 빠지고 뭉개졌어요. 멧돼지도 머리 한쪽을 뽑다가 집에 가위를 가지러 갔나 봐요. 지난해 이맘때가 떠올라요. 멧돼지가 주둥이 바리캉으로 길게 민 밭에서 중얼거렸어요. 해도 해도 너무하네. 올 고구마 농사를 접어야 하나. 고라니건 멧돼지건 한번 손댄 머리는 끝까지 책임진대요. 하지만 봄부터 흘린 땀이 아까워, 뿌리째 뽑힌 고구마를 도로 심고 울타리 망을 한 겹 더 둘렀어요. 가을에 알차게 익은 고구마를 보고 얼마나 기뻤던지! 돌아보니 멧돼지와 고라니가 다녀가지 않은 해가 없네요. 여러 마을을 도는 시골 이발사하고 비슷해요. 이건 꼭 치러야 하는 상견례예요. 다시 어깨를 펴며 삽을 듭니다.

터지다

터진 고양이
터진 너구리
터진 오소리, 개구리
청솔모

아침 일찍
길 나섰을 뿐인데
길 하나
건너려 했을 뿐인데

엄마야, 하고
짧은 다리로
젖 먹던 힘 다해
쌩 달렸는데

집에서 엄마가
애타게 기다릴 텐데,
날씨는 오늘따라

왜 이리 좋은지.

대자대비의 마음으로는
바퀴 못 굴릴
죽어도
못 지나갈 길.

꽃, 나무들 1

앞뜰 저 멀리 한 그루, 뒤뜰 서고 앞에도 한 그루, 느티나무 수만 장 잎사귀로 그늘 만들어, 뒷창으로 집 안에 솔솔바람 불어넣고, 농부들 아랫논 오가다 땀 식히며, 막걸리에 새참 먹고 웃음꽃 피우게 하네. 청실 홍실 두 그루씩 심었는데, 청실은 키 높이까지 자라다 갑자기 죽고 홍실만 살아남아, 흩날리는 봄눈 속에 꽃소식 전하고, 매실 주렁주렁 달려 잘 따서 효소 만드니, 물에 타 마셔 갈증 달래고 반찬 만들 때 넣어 감칠맛 돋우어, 일 년 열두 달 앞뜰과 몸속에서 함께하네.

복숭아나무는 나이 들면 줄기 시커메지고 진물 흐르고 잘 부러지며, 귀신을 부른대서 집에서 멀찍이 심어야 한다지만, 그런 말 흘려듣고 연분홍 꽃 활짝 활짝 터뜨려, 그 모습 그 향 모든 꽃 가운데 으뜸이라, 다른 꽃들 쭈뼛대며 숨죽여 피어나네. 멍멍이 집 곁에서 첫해 예쁜 꽃 보여주고, 가을날 새콤달콤한 열매 백여 개 나누어준 사과나무, 그 뒤로 지금껏 꽃

잘 안 피고 줄기 자꾸 꼬부라지고 잎 말라 뒤틀어지니, 내년 봄엔 퇴비와 물 넉넉히 주어 건강 되찾게 하려네.

노간주나무와 잣나무, 산에서 옮겨 심으며 이 땅 낯설어 오래 움츠릴까 봐 걱정했건만, 한 해 또 한 해 무럭무럭 자라 제법 풍채 좋아져, 뾰족한 잎으로 허공 겨누어 사나운 바람 막고, 긴 겨울 멀리서도 온통 희거나 갈색인 풍경 속에 푸른 빛 돋보여, 잔잔하고 풋풋한 기운 널리 번지게 하네. 여름날 온 나무에 살구 가득 달려 오늘 딸까 내일 딸까 하며 미루었는데, 바람 많이 부는 날 멀리 갔다 늦게 돌아와 다음날 아침에 나가 보니, 모든 열매 바닥에 떨어져 터지거나 곪지 않은 몇 개 주워 들고, 세상 만물엔 저마다 때가 있어, 그때 놓치면 헛웃음 지을 일만 남는 줄 알게 되네.

꽃, 나무들 2

개울가 모과나무, 다른 나무들 꽃피울 때 잠잠해 이상하다 했는데, 가까이 가 보니 그 큰 나무에 깜찍한 분홍 꽃 가득 피었고, 가을날 단단하고 매끈한 열매들 풀숲에 툭툭 떨어뜨려, 주워서 집 안에도 놓고 차 안에도 놓아, 겨우내 달콤한 향기가 퀴퀴한 냄새 지우며 즐거이 떠도네. 우리 어머니 버스 터미널에서 집으로 모시고 오던 길에 사다 심었는데, 열매가 주먹보다 커 입 못 다물겠고, 볼 때마다 어머니 생각나 안부 전화 드리게 하는 감나무.

집 짓고 축대 쌓을 때 삽차에 치여 거의 누웠다 일어나, 꿋꿋이 상처 딛고 아름드리로 커 가는 문지기 은행나무, 두 해 알알이 예쁜 열매 맺으며 튼튼하게 자라다 죽어, 내 마음속 아릿하게 살아 있는 앵두나무, 추위에 약하다는 말 깜박 잊고 겨울철에 밑동 감싸지 않아, 그만 세상 뜨고 말아 두고두고 안타깝고 미안한 목백일홍, 늘 붉으며 가을엔 더욱 붉어지는 잎, 겨울 지나도록 몇 장 꼬깃꼬깃 달고 지내다가, 아기 손 같은 싹을 주먹 쥐듯 오므렸다 갑자기 쫙 펴며 봄을 맞는 적단풍.

학창 시절 꽃밭 둘레, 그곳에 나란히 앉아 웃던 벗들을 떠올리게 하는 수십 그루 회양목, 성격 급하고 때를 잘 몰라, 늦가을 날 좀 따뜻하다 싶으면 꽃봉오리 터뜨리려다 된서리에 재빨리 오므리고, 저리 잘 자라다간 하늘 끝에 가 닿을 목련, 사철 푸르며 멋부릴 줄 알아, 겨울날 앵두 같은 열매를 귀걸이와 브로치처럼 달아 온몸을 꾸미는 주목들, 그리고 배나무와 장미, 철쭉, 벚나무, 보리수, 소태나무, 전나무, 측백나무, 뽕나무, 오동나무, 등나무 속에서, 우리네 삶은 늘 싱그럽고 풍성하며 아름다워라.

3부

환상

집 짓기

저 새들은
짝 먼저 찾을까
집부터 짓고
짝 찾아 나설까.

나뭇가지 하나
잎 한 장
부리로 물어 나르며
바삐 일하네.

독학으로 익혀
기초부터 마무리까지
혼자서 다 하는
일류 목수들.

휘휘
포르르르르
척척
뚝딱뚝딱.

봄날의 환(幻)

강둑길 벚나무
흰 꽃 연둣빛 꽃
훨훨 피웠다.
사람들도 훨훨 날아가
셔츠와 바지, 치마
꽃빛으로 물들인다.

길 끝에서 돌아서면
저 멀리 강물 반짝
그 너머 배부른 봉우리
백운봉답게 머리에
구름 둘렀다.

무지갯빛 햇살 받아
노란 구름 동동
갈색, 노란색 구름도
덩달아 둥실.

구름 하나 하품하며
눈 붙일 데 찾아
바람 빠지는 풍선처럼
휘이익 내려온다.
노 젓는 배 곁
물에 누워 출렁인다.

오솔길에 잘못 내린 구름은
돌돌 구른다.
아이 굴렁쇠가 뒤따르고
겨우내 늘어졌던 나무들
흙물 쭉쭉 빨아올리며
허리 곧게 편다.

이 모두가 어찌 된 일인지
잘 알겠다며
강가 풀밭에 앉은 사람들

끄덕끄덕 존다.

손으로 햇빛 가리고

모로 누웠다 바로 누워

딴 세상 잠깐 다녀와

반짝, 꿈 깬다.

삼월의 소리

개구리 우는 소리
아직 벼를 심지도 않았는데
와르르르
보그르르

쌀 씻느라
밥 짓느라
온 논을 솥 삼아
물 끓이는 소리.

앞뜰과 뒷산
어디로 귀기울여도
나무마다 부지런히
물 길어 올리는 소리.

나뭇가지 끝
새싹 돋을 때
허공 가득
녹색 번지는 소리.

하늘을 나는 물고기들

봄날 시 창작론 시간
활짝 연 강의실 창으로
개나릿빛 햇살이 날아든다.
교수가 눈 풀린 학생들에게
느릿느릿 말한다.

상상 또는 상상력이란
마땅히 있어야 할 곳에
있어야 할 것이 있지 않고
있음직하지 않은 곳에 있는 모습을
머리에 떠올리는 일
또는 그런 능력을 뜻합니다.

갈수록 졸음이 드세져
어떤 학생은 책상에 엎드리고
어떤 학생은 교수 코앞에
자리 잡은 걸 뉘우치고
또 어떤 학생은 휴대폰으로

누군가와 문자를 주고받는다.

교수가 또박또박 덧붙인다.
가령 물고기들이 날아올라
구름 위에서 잠자는 모습을
떠올릴 수 있는 건
우리 인간들에게
상상력이 있기 때문이지요.

책상에 엎드린 학생이
픽 웃으며 잠꼬대한다.
헛소리 그만하시고
어서 가 벽돌 한 장이라도 나르거나
하수관을 뚫거나
쓰레기를 줍거나
그런 쓸모 있는 일을 하세요.

교수는 멈칫하더니

머쓱한 얼굴로 손목시계를
톡톡 두드린다.
교탁에서 책과 노트, 펜을
주섬주섬 챙겨 들고
밖으로 나간다.

기다렸다는 듯이 강의실 창으로
바닷물이 와락
퀄퀄 쏟아져 들어온다.
휩쓸려 온 물고기들이
천장 아래 구름 위로
날개 퍼드덕 날아오른다.

모든 학생들 물고기로 바뀌어
아가미 벌렁
주둥이 빼끔
지느러미 흔들며 버둥버둥
사람 물고기 살려, 하고
한꺼번에 목청껏 외친다.

구멍

논에 댄 호스에서 물이 안 나와 개울에 올라가 보니, 무언가 호스 구멍을 꽉 막고 있더군. 쭉 뻗은 다리 두 개가 보이고, 열 개 남짓한 물갈퀴 발가락이 쫙 벌어졌더라고. 다리 두 개를 모아서 잡고 힘껏 빼내 보니, 개구리 아니겠어. 개구리를 빼낸 구멍으로 물이 휘이익 빨려 들어가는 거야. 개구리는 그 구멍을 들여다보다가, 물의 힘을 못 이기고 함께 빨려 들어갔던 거지. 그 순간의 외마디 비명이 들리는 듯하네. 호기심이란 무얼까. 낙원에서 쫓겨나고 목숨을 내어줄 수도 있는데, 꼭 구멍을 들여다보아야 직성이 풀리는 걸까. 우리 인생에는 또 얼마나 많은 구멍이 곳곳에 놓여 있는가. 개구리를 개울물에 띄워 보내고, 논으로 돌아오기까지 백여 발짝 되는 길에서 수많은 구멍을 보았네. 나무줄기에 난 구멍, 비탈에 놓인 바위와 풀숲 둔덕에 난 구멍, 모든 구멍 속에서 작고 검은 것들이 오글거리며, 키득키득 웃고 있더군.

하얀 말

겨드랑이에 얼굴 묻고
어린 짐승들 색색 자는 밤
마구간 촛불 아래
하얀 말이 아기를 들여다본다.
거친 구유에
기저귀 차고 누운

이 아기는 어른이 되어
손발에 대못이 박힌다.
누구는 제 목숨 하나 살리려고
몸부림치며 울부짖는데
세인들의 죄를 짊어지고
조용히 눈감는다.

저를 십자가에 매단 이들은
아무런 죄가 없습니다.
벌하지 마옵소서.
지금 자기들이

무슨 짓을 하는지 모릅니다.

이 아기와 저 어른 사이는
얼마나 먼가.
보송보송한 솜털
부드러운 젖내
막 깨어난 아기는
목젖 떨고 하품하며
옹알이한다.

하얀 말은 아기를
혀로 쓱 핥고 싶지만
깔깔한 혓바닥에
얼굴이 쓸릴까 봐 참는다.
넓적한 입술을
붙였다 뗐다 하며
푸덕푸덕 웃는다.

태양풍

너의 오랜 꿈은
왁자한 도시를 떠나
알래스카 빈 들에 오두막 짓고
장작불 피우고
글 쓰고 그림 그리고
책 읽는 거였지.

그 꿈을 이루었다니 축하하네.
곧잘 낚싯대 들고
미끄럼 타며 길 나선다지.
얼음물 호수에 산다는
사람 덩치에 이빨 뾰족한
늑대 물고기를 조심하게.

어떤 날 너는 우두커니
쏟아지는 별 보며
잠자코 기다리고 또 기다린다지.
아득한 태양에서 불어온다니

이름 그대로 얼마나 힘세며
지칠 줄 모르는 바람이겠나.

그 바람 대기권에 들어와
무지갯빛 불꽃 튀기고
새벽의 여신에게 옷자락
온 세상에 드리우게 할 때
너는 오, 로라, 외치며
두 팔 번쩍 들겠지.

그런 날 먼 하늘 건너오는
네 목소리 닮은 천둥
이 끝에서 저 끝까지
드넓게 펼쳐지는 구름
혼자서도 잘 지내고 있다는
즐거운 신호로 알겠네.

구름 공장

나에게 허허벌판을 보여주고
공항 터미널 건축을 맡긴다면
모든 건물을 구름처럼 짓겠어요.
대기권에서 가장 높이 나는 건
구름과 비행기니까요.

구름 터미널은 쉬지 않고
커지고 줄어들어요.
앞발로 철썩철썩 물 치며
고기 잡던 곰 구름
토끼 구름으로 바뀌고
올빼미 구름은 휙휙 고갯짓하다
오리 구름으로 바뀌어요.

구름은 자유의 상징이며
방랑자의 친구
밤새운 작사가들
머리 뜯는 시인들

가끔 바깥바람 쐬며
하늘 떠가는 친구에게 인사해요.

나에게 허허벌판을 보여주고
공항 터미널 건축을 맡긴다면
가까이 구름 공장을 짓겠어요.
공항에 늘 구름 띄우고
나머지는 작사가와 시인이 사는 곳
구름 없는 날의 하늘로
날려 보낼 거예요.

우화 1
— 작은 꽃

어디 축하하러 가는 길
시내 꽃가게 들러
필로덴드론 콩고
어느 나라 국화인가 싶은
낯선 이름표 보여
그 꽃과 눈 맞춘다.

얼굴 바짝 들이대니
꽃이 흠칫 놀란다.
새하얀 암술 파닥 떨며
꽃잎 오므린다.
꽃빛 더욱 붉어지고
붓 닮은 꽃대를 떤다.

나비를 홀려
내려앉게 하려고
이리 예쁘게 꾸몄을까.
천장에서 윙윙

무언가 나는 소리 들린다.

선풍기 아래
갈색 점이 떠 있다.
풀숲에서 말벌한테 쏘여
두꺼비처럼 손등 부은 적 있어
목 움츠리고 재빨리
다른 꽃 둘러본다.

벌은 덜 예쁜 꽃은
덜 좋아하겠지.
그런 꽃을 찾는데
하나같이 예쁘다.
콩고 꽃 사 들고
서둘러 꽃가게를 나선다.

차 속으로 달려 들어가
땀 닦고 숨 돌리는데

말벌이 쌩 날아와
어디로 달아나려 하냐며
앞창에 딱 붙어
뚫어지게 쳐다본다.

우화 2
— 새장

새장 속에 새 한 마리
또 한 마리는 밖에서
부리로 나뭇가지 물고
문고리를 열려 애쓴다.

사랑은 구속이라 하고
자유에 이르는 길이라고도 하여
이쪽저쪽 더듬으며
새들을 살핀다.

그 둘을 함께 이루려면
갇힌 새를 꺼낼 것 없이
새장에 들어가
같이 살면 되겠네.

새를 꺼내 함께
나무에 둥지 틀고
아기들 낳아 기르면

날마다 넘치는 사랑 속에서
자유롭게 살 수 있겠네.

문이 딸깍 열리고
새 한 마리 폴짝 뛰쳐나오더니
자기를 꺼내 준 새를
못 본 척 지나쳐
훨훨 날아 사라진다.

하얀 사람

비가 오건
폭풍이 몰아치건
바닷물 들어온 둥근 만
그 만을 에워싼 건물들을
두 팔 수평으로 벌려 감싸고
굳은 얼굴로 내려다본다.

자세로 미루어 볼 때
우리에게 익숙한 말을
속으로 되뇌고 있다.
수고하고
무거운 짐 진 자들아
다 내게로 오라.
내가 너희를 쉬게 하리라.

얼핏 그 많은 잿빛 건물은
사람 사는 집이 아니라
묘비 같기도 하고

금고 같기도 하다.
수고해서 파김치 된 자들
오늘도 쉬지 못하고
셈하느라 바쁘다.

저이는 가끔
다른 말을 뇐다.
이름 뜻은 일월의 강이라는데
사시사철 참으로
아름다운 도시야.
바다를 품었으니
물 바라보고 있으면
저절로 마음이 넉넉해지겠어.

더는 못 참고
저릿저릿한 팔 내리며
두어 바퀴 목을 돌린다.
깊이 숨 들이쉬고

허리 바로 펴고
다시 수평으로 두 팔 벌려
안 보이는 십자가에 매달린다.

뒷걸음치다

나는 이담에 민들레꽃 동산에 살래.
민들레꽃 동산에 집 지을래.
노랗고 흰 민들레꽃 흐드러지게 핀 동산에
그림 같은 집 짓고
사랑하는 사람과
오순도순 재미나게 살래.

노랗고 흰 민들레꽃 흐드러지게 핀 동산에
그림 같은 집 짓고
사랑하는 사람과
오순도순 재미나게 살며
붓꽃과 채송화 닮은 아이를
열 명쯤 낳아 기를래.
너는 꿈이 뭐니?

그날그날 살기도 바빠.
오늘 저녁에 입고
어제 아침에 먹을 걱정

지난달 말에 낼 세금 걱정
차곡차곡 쌓여
산더미 되어 가는 걱정.

사랑과 결혼과 육아는
잠깐도 생각할 겨를이 없어.
미래에 늘 혼자 살았고
오늘처럼
어제도 그제도 틀림없이
나는 혼자일 거야.

그래, 너는 날마다
뒷걸음치고 있구나.
꿈이 없고
미래는 지나갔으니
이런저런 궁리와 다짐에
머리 아플 일은 없겠네.

보랏빛 나팔

텃밭 위쪽에 얼기설기
고춧대 엮어 세워
토마토, 오이 주렁주렁 달린 곳
여름마다 꽃 피우고
플라이 낚싯줄 날린다.

잡고 버틸 수만 있다면
아무렇게나 부러지고 휜
나뭇가지도 좋단다.
영어로는 아침의 영광
우리말이 꽃 모양에 가깝다.

뚜우뚜우 나팔 불며
투명 절벽을 기어오른다.
나비와 꿀벌과 놀 때도
넝쿨 늘어뜨리지 않고
여름내 말없이 보여준다.

해맑은 열정으로 오롯이
해에게 다가가려는 마음
어느 누구도 넘보거나
제 것 삼으려 들지 않고
덤덤히 스스로를 돌보는 마음.

해거름에 사람들 허둥대며
산에서 내려올 때
허공에서 비박하려고
팽팽히 줄 당기며
나팔 잘 닦아 오므린다.

4부

사람들

슬렁슬렁

한울님은 이 땅에 햇빛 내려
풀도 쬐고 사람도 쬐고
메뚜기와 굼벵이, 염소도
쬐게 해 주세요.

풀한테 덜 주거나
사람한테 더 주지 않아요
풀이건 사람이건
똑같이 귀하니까요.

흙먼지 뒤집어쓰고
아무렇게나 자라는 풀이라 해서
얕보고 업신여기며
짓밟지 말아야겠어요.*

어떤 이는 쉬운 이치를
끙끙대며 풀고
어떤 이는 어려운 이치를

술술 푼다.

구름은 쉽게 쉽게
하늘을 건너가고
강물은 슬렁슬렁
바다로 흘러간다.

* 무위당 장일순 어록에서 인용

국밥

동네 친구와 시내 일 보고
집에 돌아오는 길
도시와 시골이 절반씩 섞인 곳
밥집에 들른다.
안쪽 자리에 마주 앉아
순댓국 한 뚝배기씩 시켜 놓고
밥뚜껑 열며 수저를 든다.

이 친구, 밥 먹는 모습 좀 보게나.
고슬고슬한 밥알 한 톨
따끈한 국물 한 술
느릿느릿 헤아리며 먹는다.
앉은 자세 반듯하고
깍듯이 식사 의식을 올려
말 건네기 무엇하다.

햇볕으로 구운 얼굴
북어같이 마른 몸

쉰다섯 마지기 논 농사를
혼자 짓는다.
고향 마을 떠난 적 없어
바깥세상 일에는 까막눈
논일 하나는 똑소리나게 한다.

가끔 막걸리에 얼큰해져
옆구리에 두 손 올리고 일어나
논둑을 강단 삼는다.
농사라는 것은
우리가 땅을 일구며 살 적에는,
목소리는 우렁차지만
그다음 말은 못 알아듣겠다.

친구 입으로 순댓국 한 술
후루룩 들어갈 때
볏잎에 후드득 듣던
빗방울 들어가고

따가운 햇살이 뒤따른다.
밥 한 술 들어갈 때
뒷덜미 땀 식히던 바람도
솔솔 흘러든다.

오늘도 수고 많았어요
참 잘했어요.
저녁 이슬방울이 칭찬하며
뒤따라 또르르 굴러든다.
국밥 한 그릇에 담긴 은하수
졸졸 도랑 물소리 내며
친구의 몸속 논두렁으로
촉촉이 스민다.

빵과 석유

저기 저 풍경은 우크라이나 키예프 거리예요. 오래된 옅은 갈색 건물들과 녹색 종탑들은 어제 내린 눈을 머리와 옆구리에 이고 있어요. 저 내리막길은 무명화가들이 그림을 그려 파는 가게들로 유명하다는데, 무명과 유명이 함께 있으려니 서로 좀 쑥스럽겠어요. 종탑 우뚝한 건물이 성 앤드류 교회인데, 베드로의 동생 안드레라는 이름으로 성경에 나오는 이를 기리는 교회라네요. 안드레가 무슨 일을 했는지는 잘 모르겠지만, 이천 년 세월을 건너뛰어 무명 화가들이 유명한 거리에서 밥 버는 데 도움을 준다는 것쯤은 짐작할 수 있어요. 교회를 보러 오가던 관광객들이 가게 앞 작은 의자에 앉으면 화가들은 초상화를 그려 주는데, 이런 풍경은 파리 몽마르트르 언덕이나 우리나라 대학로에서도 볼 수 있지요. 저 내리막길은 화가들에게 마냥 내려가는 길만은 아니고, 손님 하나를 앞에 앉혔을 때는 약간의 오르막이라고도 말할 수 있어요. 오르막은 그들에게 화구와 석유 살 돈을 만들어 주고, 운 좋은 날에는 좀 괜찮은 빵을 사

들고 집에 돌아가는 기쁨을 안겨 주어요. 지금껏 저는 자기 그림이 더는 아무것도 만들지 못하리라는 생각에 붓을 놓은 화가를 숱하게 보았답니다. 이 세상 모든 내리막길은 화가뿐 아니라 거의 모든 직업에서, 열정을 다한 젊은 날 보상을 받지 못한 모든 인생의 은유겠지요. 뚝 부러뜨려 내던진 붓의 은유이며 망가진 몸의 은유, 부서진 영혼의 은유 말이에요. 성 앤드류 교회 종탑에서 뎅그렁 저녁 종이 울릴 때, 그날 손님을 하나도 못 받은 화가들은 내일 아침에도 자기가 그곳에 있을지 알 수 없다는 불길한 예감에, 내리막길을 온몸으로 데굴데굴 구르며 빵과 석유가 떨어진 집으로 돌아갑니다.

빛과 그림자

잔에 술 따라 놓고
눈 대고 들여다본다.
와, 어찌 이리
맑을 수 있나.

햇빛 가 닿으면
더욱 맑아진다.
그 빛이 밝을수록
그림자마저 맑다.

샘물보다 맑아
물고기 비늘 반짝이고
개울물보다 맑아
바닥 훤히 비친다.

저 과학자는 술을
한 방울도 안 마신다.
독이라고 믿어서다.
참으로 어리석구먼.

왜 독을 사 마시지?

시인들이 이쪽에 앉아
술잔 부딪치며 웃는다.
약이라고 믿어서다.
자, 오늘도 한번
흠뻑 취해 보세.

하나는 독을 안 마시고
초롱한 머리로 실험한다.
다른 하나는 약을 마시고
꿈을 꾸며 시를 짓는다.

그렇다면 빛도 옳고
그림자도 옳다.
빛은 그림자에게 고개 끄덕이고
그림자는 빛에게 척
악수를 청한다.

외출

예순 해 넘도록 함께 산 사람
먼 길 떠나보내고
몇 개 남았던 이 저절로 빠져
두 손 펼쳐 받고
몸져누워 못 일어나시네.
진 밥도 깔깔해 못 넘기고
물 밖에 안 드시네.
깔딱깔딱 소리 내다가
도로 다 흘리시네.
종이와 색연필 사다 드렸네.

이부자리 곁에 웅그려 앉아
우두커니 베란다 밖까지 와
목련 가지에 봉긋봉긋 맺힌
봄날 바라보시네.
천천히 고개 돌리시더니
앉은뱅이 밥상 위로 야윈 손 올라가
종이 펼치고 색연필 고르네.

온종일 집 그리고
개울과 다리와 꽃
나무와 새 그리시네.

그림 하나 마치면
벽에 붙이시네.
거실과 이 방 저 방
모든 벽, 그림으로 채워지네.
한낮에도 어둑하던 집 안
비 갠 아침처럼 밝아오고
개울 물소리 점점 커지며
새들의 합창이 꽃동산 덮네.

그림 그리는 새
멀리 간 사람 내려놓고
기운 많이 되찾으셨네.
홍학 다리로 휘청휘청
여덟 달 만에 신 털어 신고

동네 한 바퀴 둘러보러 나가셨네.
눈물 얼룩진 이부자리 걷어
훌훌 털어 늦가을 볕에 널고
어머니를 기다리네.

고루 아름답다

벼랑 끝 바위에 올라
왼쪽에서 오른쪽 끝까지 쓱
풍경을 바라보며
한 사람이 외친다.
단풍 든 숲이
너무너무 멋지네.

또 한 사람은 느리게
온 산을 훑는다.
나무들을 한 그루
또 한 그루
가까이 당겨 놓고
잎 하나하나 살핀다.

반질거리는 잎
푸석푸석한 잎
도르르 말린 잎
벌레 먹은 잎

절반쯤 푸르고
절반쯤 붉은 잎.

그리고 중얼거리기를
너나없이 참
곱고 예쁘네.
이럴 때 나무를 보고
숲을 못 본다는 말은
바위 밑에 슬쩍
넣어 두기로 한다.

그가 다시 중얼거리기를
모두가 같은 나무는 아니고
저마다 조금씩
다른 빛
다른 모양으로
정성껏 스스로를 꾸며
한껏 풍경을 아름답게 하네.

사람 사는 세상도 이와 같아
모두가 생각 다르고
제멋대로 꾸몄지만
서로 가르거나
누르지 않으며
보듬고 나눌 때
고루 아름답다.

생선 조리기
— 노자(老子)가 말하길

나랏일뿐 아니라
세상 모든 일
작은 생선 조리듯
자꾸 뒤적이거나
들쑤시지 말기.

다 잊고
내버려두었다가
문득 생각나면
들여다보고

물기가 너무 많다 싶으면
장작 하나 더 넣고
졸아붙는다 싶으면
물 좀 붓고.

안달복달
속 끓이며

볶아치지 않기.

되는 대로

느긋하게.

글밭

새벽부터 집 나서
이슬 구르는 호미를 든다.
곱고 기름진 흙
보슬보슬한 텃밭에 엎드려
높고 힘찬 거위 울음에
해를 맞는다.

오전내 흙 북돋우고
웃자란 풀 뽑는다.
무릎 허리 차례로 펴
상추와 오이, 풋고추
한 소쿠리 따 들고
식당에 가 어린 작가들 먹인다.

자연은 인간의 근원
생명의 하나인 인간도
자연이에요.
자연과 인간이 합쳐 사는 게

우주의 법칙이고 섭리
이보다 완벽한 것은 없어요.

생명이 아름다운 이유는
능동적이기 때문이에요.
세상은 물질로 가득 차 있어요.
피동적인 것은 물질의 속성
능동적인 것은 바로
생명의 속성이에요.*

살아 숨쉬는 것들
아파하고 죽어 가는 것들
걱정 또 걱정.
대지의 어머니
오늘도 늦도록 창밖
담배 연기 날리며
밤잠 못 이룬다.

원고지에 따박따박
글 씨앗 심고
머리맡 등을 끈다.
낮의 피로를 요 삼고
밤의 적막을 이불 삼아
글밭에 눕는다.

* 박경리 마지막 언론 인터뷰에서 인용

너, 그리고 나

이번 생에서 더는
미워하지 않을게.
천하의 못된 인간이지만
잘되기를 빌게.

네가 잘된다는 건
덜 거칠게 구는 것
덜 사납고
덜 영악해지는 것.

사람 대할 때
셈 그만하고
속임수 덜 쓰고
잘난 척 덜 하는 것.

이렇게 말하다 보니,
다시 미워하게 되네.
천하의 못된
너, 그리고 나.

침

땅은 우리 모두를
먹여 살려요.
어머니와 같지요.
어머니 얼굴에
침 뱉지 말아야겠어요.*

오늘 텃밭에 나가
배추 모종과
무 씨앗을 심다가
나도 모르게 탁
침을 뱉었다.

침이 입을 떠나
허공을 날아
땅에 내리는 과정이
슬로비디오처럼
또렷이 보였다.

아무리 밟고 비벼도
어머니 얼굴에
끈적한 침이 남았다.
멀어도 아직
한참 멀었다.

*해월 최시형 어록에서 인용

싱겁게 주고받다

애써 행복해지려 하면
꼭 뒤탈이 나요.
맘먹고 놀아 보자며
왁자하게 밤 보내면
다음날 머리 어지럽고
몸이 무거워 힘들어요.

괴로움이 따르는 즐거움은
참된 행복이 아니고
즐겁지 않더라도
괴롭지 않은 게
행복이 아닐까요.

사는 게 영 답답하고
적적해요.
아침에 눈 뜨면
오늘은 또 어찌 지내나
한숨부터 나와요.

삶은 본디
외롭고 재미없는 것
밥 잘 먹고
안 아픈 것이
으뜸이 아닐는지.

억지로 일 꾸며
번잡해지지 말고
구름 흘러가듯
돌이 잠자코 앉아 있듯
그냥 그렇게 살라는 말씀.

저 강물처럼

마음이 빚은
모든 고통과 슬픔
일주일 지나면 좀 가라앉고
한 달 지나면 더 많이 내려앉아
잘 안 보이고
한 해 두 해 지나면
밑바닥에 가 닿고

나중엔 기억마저 무디져
그때 그런 일이 있었나
눈 끔벅이게 되나니
아우야, 우리
오늘로 깨끗이 잊자.
세월 흐르길 기다리며
속 끓이지 말고.

저 갈대밭 너머 강물
내일이나 모레는 머나먼

바다로 사라지듯이
모두 들어내
멀리 띄워 보내자.
바보같이
그만 울고.

릴레이

하나가 가고
하나가 온다.

나고
사라진다.

이 줄이
영원히 이어지기를.
그리고

내일은 오늘보다
조금이라도 나아지기를.

인류여.

|해설|

반성적 인간의 '자연으로부터의 휴머니즘'

정과리

1. 영혼의 자연인

원재길은 시인이자 소설가이다. 나는 무심코 '이었다'라고 쓰다가 깜짝 놀라 고쳐 쓴다. 분명 그는 2000년대 초엽까지 왕성히 글을 발표하였다. 그리고 얼마 후 그가 아내인 시인 이상희와 함께 원주로 살러 간다는 얘길 전해 들었지만, 그게 '자연인'이 되려는 결심인 줄은 몰랐다. 그 후로 그의 창작 소식은 들려오지 않았다. 나는 신기한 일이라고 생각했다. 기형도가 1989년 세상을 떠난 이래, 그의 친구들도 띄엄띄엄 현실의 무대에서 철수하고 있었다.

하지만 나의 짐작은 완전히 빗나갔다. 그가 자연인이 된 건 맞았지만, '승윤씨'와 '윤택씨'가 찾아가는 실제 자연인이 아니라 영혼의 자연인이었고, 자연인의 영혼은 그가 쉬지 않고 써 온 시에 싹트고 꽃피고 있었다. 다음 시는 그런 사정을 실감나게 전달한다.

너의 오랜 꿈은
왁자한 도시를 떠나
알래스카 빈 들에 오두막 짓고
장작불 피우고
글 쓰고 그림 그리고
책 읽는 거였지.

그 꿈을 이루었다니 축하하네.
곧잘 낚싯대 들고
미끄럼 타며 길 나선다지.
얼음물 호수에 산다는
사람 덩치에 이빨 뾰족한
늑대 물고기를 조심하게.

—「태양풍」 부분

그가 '영혼의 자연인'이라는 사실은 두 방향에서 빛을 만든다. 한쪽은 금세 읽을 수 있듯이 자연과 문화를 하나로 일치시키는 길이다. 즉 "알래스카 빈 들에 오두막 짓고/글 쓰고 그림 그리고/책 읽는 거"에서 지시된 '삶의 형식 form of life'이다. 이 양식은 익히 알고 있듯이 '문명 너머의 삶'을 일깨운다. 즉 문명/자연의 대립이 문제가 아니라, 문명을 넘어서는 자연의 문명성(文明性)을 가리키는 것이다.

또 하나의 방향은 인용부의 마지막 두 행에 지시된 만물평등주의의 천명이다. 이 자연에선 누구도 우위를 갖지 않는다. 따라서 모든 생명들은 서로를 조심해야 한다. 이 말이 익살을 담고 있다는 점을 감안하면, 사실상의 메시지는 "서로를 걱정해야 한다"일 것이다. 다음 시구가 가리키듯이 말이다.

> 솥 작아 밥 모자라 봤나요, 쫄쫄 굶는 나보다 걱정 많나요, 먼 산 겨우 넘어오는 소쩍새 울음.
>
> —「홍수와 가뭄에 관한 메모」 부분

이러한 태도가 새삼스러운 것은 아니다. 이미 저 옛날부터 영혼과 자연을 합일의 관점에서 얘기한 선지자들은 무수히 많다. '노장사상'도 있고, 도연명도 있다. 18세기의 루소도 해당한다고 봐도 될 것이다. 『월든』의 저자, 소로우뿐만 아니라 현대에 들어서는 넓게 말해 '생명사상'이라고 이름 붙일 다양한 발언들도 동일 범주에 속할 것이다.

하지만 사실 꼼꼼히 들여다보면, 이 태도들은 아주 이질적인 관점을 표방하고 있을 수 있으며, 그 이질성에 따라서 세계에 대한 비전과 세계에 작용하는 효과가 아주 다르게 발현할 것이다.

원재길의 자연관에서 특별한 면은 무엇인가? 방금 본 '자연의 영적 우위'는 대부분의 자연 지향 사상에서 볼 수 있는 것이다. 그것은 자연Nature을 인공적인 것보다 더 자연스러운 것, 즉 당연한 것The Natural으로 여기는 데서 비롯한다. 또한 만물평등주의 역시 일반적이다. 그것은 단순히 연민과 공감 인력만에 해당하는 게 아니라, 철저한 평등성에 그대로 직결된다.

『도덕경』과 『에밀』에 나타난 자연은 친절한 사랑과 무심(無心)·무정(無情)한 측면을 지니고 있다. 대수롭지 않음은 친친(親親)이 아닌 무친(無親)을 말한다. 『도덕경』 제5장에서 천지불인(天地不仁), 제79장의 천도무친(天道無親)을 말하는 것이 모순으로 비쳐질 수 있다. 천도무친은 누구를 편애(偏愛)해서 사랑하거나 미워하지 않고 차별 없이 대우하는 의미이다. 때로는 자연이 사람을 추구(芻狗) 즉 제사상 위에 올려놓는 풀강아지로, 하찮은 존재로 취급한다[1].

아마도 '공감'에서 '평등'에 이르는 넓은 관계망을, 우리는 헨리 데이비드 소로우Henry David Thoreau와 랠프 왈도 에머슨Ralph Waldo Emerson이 대표하는 '뉴 잉글랜드 초월주의New England Transcendentalism'에 연결할 수 있을 것이다. 1836년 보스톤에서 결성된 '초월주의 클럽'에서 발원한다고 해서[2] '뉴 잉글랜드'라는 한정사가 붙은 이

1) 김수동, 「노자와 루소의 자연개념 분석」, 『교육철학연구』 제34권 제2호, 2012. 06, p.24
2) Simon Blackburn (Ed), *The Oxford Dictionary of Philosophy*, Oxford University Press, 2016

'초월주의'의 근본 관점은 "자연세계를 신의 권능의 발현으로 바라보는 범신론"으로서, 바로 이것이 "문명의 잠식에 저항해 자연을 보존해야 한다는 캠페인을 벌이는 이유를 제공[3]"한다.

2. 사람의 눈 아래에 든 자연

원재길 시에서 두드러진 것은 '전지적 관조의 시점'이라고 부를 수 있는 특별한 시각적 태도이다. 가령 이런 시를 보자.

문막 지나온 섬강이
돌돌돌 여울 지나
남한강으로 흘러드는 곳.
일 보러 나갈 때나
멀리 다녀올 때
무언가 잃은 걸 찾는 사람처럼
꼭 올라가 서성대는 곳.

양쪽에 얕은 산 끼고
어디로도 새지 못하게
너른 물 가둔 곳.

---

3) Gerald F. Gaus, Fred D'Agostino (eds), *The Routledge Companion to Social and Political Philosophy*, London - New York: Routledge, 2012, p.292

충주에서 급히 온 물
쉬엄쉬엄 여주로 가는 물
버드나무들 그 물에 뿌리 씻으며
실가지 흔들어 거미줄 털고
거칠고 모난 마음 오래 닦아
반질반질해진 자갈
흰색, 갈색, 연청색으로 반짝이며
볕에 잘 마르는 곳.

새들은 새들답게 재잘대고
새끼 때부터 팔뚝만 했을까
굵고 힘찬 누치들
실개천까지 나선형으로
괜히 올라왔다 돌아가고
사흘에 한 번은 잊지 않고
온 하늘에 노을 지는 곳.
카메라 거치대에 올려놓고
맘 졸이며 기다리던 사진사들
깡충깡충 뛰는 곳.

먼 옛날 강원도와 충청도에서
세금으로 거둔 곡식
차곡차곡 쟁여 두었다가

황포 돛배에 실어
찌거덩, 찌거덩
한양에 보내던 곳.

짐꾼과 뱃사람이 묵던 주막이
처마 잇대고 늘어서
아직도 불 때는 연기
언뜻언뜻 보이고

가마솥 뚜껑 드르륵 열면
시래기 된장국 냄새
뜨거운 김, 훅 올라와
막걸리로 목 축이던 일꾼들
들나물 무침 한 입
가득 넣고 우물거리며
강릉과 제천, 정선 사투리를
말과 소 울음에 섞던 곳.

—「홍원창」 부분

길게 인용한 것은 시선의 넓이가 그만큼 되기 때문이다. 첫 연의 앞부분은 '홍원창[4]'의 공간적 정보를 전달한다. 위치와 움직임의 방향을. 그런데 뒷부분은 이 장소에 인간이 첨가된다. 그리고 그 첨가가 다음 연들의 기나긴 이어짐,

아니 차라리 '산개(散開)'의 실마리가 된다. 왜냐하면 인간은 그 장소의 높이를 가리키면서 그곳에 올라가야만 하는 처지에 놓여 있기 때문이다.

그 사정을 가리키는 대목이

일 보러 나갈 때나
멀리 다녀올 때
무언가 잃은 걸 찾는 사람처럼
꼭 올라가 서성대는 곳.

이다. 이 대목은 시의 화자가 근처에 거주하는 동네주민이라는 사실과 동네에 대한 불안을 동시에 드런낸다. 이 불안은 강박적이라기보다는 염려(念慮)에 해당하는 것이다. 왜냐하면 그가 마을을 떠나지 않을 때는 생기지 않는 불안이기 때문이다. 화자가 마을을 벗어날 때만 발생하는 "무언가 잃은 걸 찾는 사람" 같은 느낌은 실은 자신이 없으면 이 마을의 어딘가가 문제가 생기지 않을까 하는 불안이며, 따라서 이 불안은 화자 '나'의 불안이 아니라 마을의 불안이다. 그 마을의 불안이 '나'에게로 전이된다면, 그것은 화자가 그 마을에 대해 모종의 책임 관계로 연루되어 있기 때

---

4) '흥원창'은"고려 및 조선 시대에 남한강 수계(水系)인 현 강원도 원주시 지역에 설치되었던 조창(漕倉)"이라고 한다. '조창'은 "고려·조선 시대에, 세곡(稅穀)의 수송과 보관을 위하여 강가나 바닷가에 지어 놓은 곳집. 조선 시대에는 경창(京倉), 가흥창(可興倉) 등 전국에 열 곳이 있었다"고 한다. -『민족문학대백과사전』(https://encykorea.aks.ac.kr/Article/E0066045)

문일 것이다.

이어지는 행들의 긴 묘사는 이로부터 나온다. "무언가 잃은 걸 찾는 사람"이 올라가서 하는 일은 바깥 일을 다녀온 뒤에 "무언가 잃은 게 있게 될까 봐" 꼼꼼히 세목들을 점검해 놓는 일이다. 그렇게 화자는 이 장소로부터 전개된 풍경의 광범위한 양상을 보살핀다. 그 양상은 흐르는 강의 다채로운 모습들, 나무와 자갈, 공중의 새에서 물속의 누치에 이르는 생명들의 목록, 그 장소에서 무언가 할 일을 하는 사람들, 그리고 그 장소의 역사 속에 등장하는 인물들과 물상들과 움직임들을 두루두루 호명하고 음미한다.

3. 자연과 인간의 연결 방정식

이런 태도는 다른 '자연주의'와 썩 다른 세계 인식과 동경을 보여준다. 우선 이 모든 것들이 '잃어버릴까 걱정하는 마음'이라는 가정 안에 포함된다는 것을 유의해야 한다. 설혹 그 모습이 현재의 시간에서 또렷이 보인다 할지라도, 가정적으로 그것들은 잃어버린 게 된다. 사건에 임박한 사물들은 사건 이후의 그것들로 제시된다.

왜 그렇게 하는가? 인용문의 뒷부분을 읽어 보면 이 사건들 뒤에 배후 사건이 있고, 그 배후 사건에서 이미 사물들은 상호 간의 연관성을 상실해 버렸기 때문이다.

그러니까 여기에 세 개의 시간대가 중첩되어 있는 것이다. 간단하게 요약하면 다음과 같다.

옛날—연관성 상실—현재—연관성 상실에 대한 염려—미래

세 개의 시간대가 두 개의 시간대로 표출된 것은 '옛날'과 '현재' 사이의 사건이 감추어졌기 때문이다. 그 사건은 "먼 옛날"의 '먼'을 통해 먼저 암시되는데, 여러 행 건너, "모두 어디론가 사라져/바람만 물결 타고 불어가/이 고요, 막막함"의 구절을 통해 그 결과가 지시된다. 이것을 보면 옛날과 현재 사이의 단절은 시의 화자가 내려다보는 '흥원창'의 자리에 사람이 사라졌음을 가리킨다는 것을 알 수가 있다. 그런데 그러한 사태가 명료하게 표면화되어 있지 않고 에둘러 환기되는 까닭은 무엇인가?

그것은 무엇보다도 시의 화자가 저 '옛날'에 전적인 지지를 보내지 않고 있기 때문으로 보인다. 왜냐하면 그 옛날에 대한 묘사가 일방적으로 긍정적이지 않고 모종의 복합성을 띠고 있기 때문이다.

우선, 화자는 '흥원창'이 농민들의 "세금으로 거둔 곡식"을 모아 중개하는 장소임을 밝힌다. 그것은 당대의 농민들에 대한 정부의 수탈을 바로 연상시킨다. 그런데 화자의 묘사는 바로 눈길을 돌려 그 장소에서 사람들과 동물들의 살아 움직이는 모습을 상상한다. 그 상상은 아주 절박해서, 한편으론 그 모습들이 "달구지와 돛배, 일꾼들/밥 짓는 여인들"의 형상으로 또렷이 부각되면서 동시에 그이들이 사라졌다는 엄혹한 사실성이 가슴을 치고 들어온다.

이 복잡한 묘사는 시인이 한국인의 역사적 고난에서 생존의 사실들을 추출해, 전자는 지우고 후자를 복원하려고 하기 때문에 나왔다고 할 수 있다. 그렇다면 시인의 자연 침잠은 미묘한 문제를 제기한다. 독자가 추정한 시인의 의도는 인간의 삶에 초점이 맞추어져 있기 때문에 그의 자연주의와 결합할 필연적인 이유가 없다. 하지만 그럼에도 불구하고 시인의 자연 침잠은 실제 사실이다. 이 부조화는 시인의 시적 태도에 대한 특별한 해석을 요구한다.

우선 시인이 옛사람들의 옛 생활을 복원하려고 한다는 추정은 수정될 필요가 있다. 왜냐하면 시의 화자가 옛사람들이 "모두 어디론가 사라졌"다는 사실을 언명하고 있기 때문이다. 그런데 사람들이 사라진 자리에 자연이 남았다는 점을 동시에 알아야 한다. 화자는

모두 어디론가 사라져
바람만 물결 타고 불어가
이 고요, 막막함

―「홍원창」 부분

이라고 이어 말하고 있는 것이다. 다만 자연의 살아 있음은 특정한 감각을 상실했다는 게 다음 행의 전언이다. 여기에서는 '소리'이다. 이 감각의 상실로 인해 자연은 운동성에 활기가 없고("이 고요"), 벡터(방향성) 또한 없다("막막함").

여기에서 “이 고요”의 일차적인 뜻은 사람의 자취가 없다는 것이다. 그러나 그것이 자연으로 전이되면서, 자연의 자체 운동성, 즉 ‘물결 타고 불어가는 바람’의 움직임에 고요가 접속되고, 그때 ‘고요’는 자연의 그것으로 전화된다. 그리고 이때 자연의 고요는 사라짐의 표지가 아니라 운동성의 미래 전망의 부재라는 뜻을 갖게 된다. 따라서 “적막함”이 아니라 “막막함”인 것이다.

이제 독자는 앞의 타임라인에서 현재와 미래 사이에 ‘연관성 상실에 대한 염려’가 개재되어 있다는 사실을 상기하며, 그 의미를 알아차린다. 그 염려의 목표는 생의 활기를 보존하겠다는 뜻인데, 과거와 현재 사이에 개재된 ‘연관성 상실’과 대상이 다르다. 과거와 현재 사이에 상실된 연관성은 사람들이 대상이지만, 현재와 미래 사이의 대상은 ‘자연’이다. 그러니까 시인의 의도는 억압적 신분질서 속에서도 살아내던 사람들의 생의 활기를 오늘날의 세상에 가져와서 그것을 자연의 생명들 속에 불어넣겠다는 것이라고 짐작할 수 있다.

다음의 시는 그런 의도를 명백히 드러낸다.

더위 먹어 어질
숨 가빠 비틀
바다로 가던 구름 한 점
가까이 내려와

좀 쉬었다 하세요, 한다.

누군가 오래전에 심어
늦가을만이 아니고
아무 때나 부러진 가지
마른 잎 날리고
이 일 저 일에
걸리적거렸을 나무들

안 베고 놓아둔
그 마음의 향기 가득하고
품 넉넉하여
오늘따라 사뭇
그늘이 짙다.

그리로 들어가 땀 식히는
아름다운
칠월의 여인들
멀리서 본다.
천천히 찻물 우려내
나도 향기로운 사람이 되고자
몸 적신다.

—「그늘」 부분

더운 날, 나무 그늘에서 "땀 식히는" 여인들을 가리키는 시다. 그런데 여인들에 대한 묘사보다 나무에 대한 묘사가 더 구체적이고 길다. 그 묘사에 의하면 이 여인들이 "아름다운/칠월의 여인들"이 되려면, "안 베고 놓아둔/그 마음의 향기 가득하고/품 넉넉하여/오늘따라 사뭇/그늘이 짙"은 나무가 있어야 한다. 인간의 얼굴에 화기가 돌려면 자연이 우선 생기가 있어야 한다는 것이다.

그런데 여기에서 의도가 다시 한 번 휘어진다는 걸 유념할 필요가 있다. 자연 생명의 활기는 그 자체로서 목적을 가지는 게 아니라, 사람들을 아름답고 "향기로운 사람"으로 만들어주는 데 기능함으로써 의미를 얻는다.

다음 동시풍의 노래는 그런 의도의 중첩을 재미있게 보여준다.

참되어 참나무
진짜 나무 참나무
저마다 이름 뜻 남달라
졸참, 상수리는 야무져라
갈참, 굴참은 싱그럽고
신갈, 떡갈은 넉넉하여라.

돌만큼 줄기 단단해
가뭄에도 잎 풋풋해

우리나라에서 가장 많다는
참나무 언덕에 올라앉아
한껏 고개 젖히다가
벌렁 눕는다.

—「참나무」 부분

첫 번째 연의 "야무져라", "넉넉하여라"는 겉으로는 감탄사이고, 속으로는 소망어법이다. 겉으로 감탄사라는 진술은, 이 시가 자연의 놀라운 생명력에 찬탄하고 있다는 뜻이다. 하지만 마지막 연까지 읽어 보자.

사람이 사람 볼 때도
한껏 자세 낮추면 올려본각
덩달아 마음 낮추게 되겠지.
그만 일어나 나무를 껴안는데
기특한 녀석, 하고
잔가지로 머리를 쓰다듬는다.

—「참나무」 부분

라고 끝내고 있다. 이때 '나무들'은 하나의 '나무'로 특정된 다음, 인격화하여, 나를 격려하는 존재로 현신한다. 이는 저 옛날 헐버트Hulbert가 한국인의 근본 심성이라고 했던 '영혼숭배사상'을 시인이 이어받고 있다는 것을 보여주는데, 이 영혼의 현신을 위해서 '나'가 취해야 할 자세가 있다. 바로 "올려본각"이다. 『표준국어대사전』에 의하면, 이 단어는 "낮은 곳에서 높은 곳에 있는 목표물을 올려다볼 때, 시선과 지평선이 이루는 각"이라는 뜻이다. 즉 내가 '기특한' 사람이 되려면 나무와 내가 수평을 이루어야 한다. 그런데 나무와 내가 수평을 이루려면 내가 "한껏 자세를 낮추"어야 한다. 그렇다면 '나'가 기특한 사람이 되려면, 나는 최대한도로 낮아져야 한다. 최상과 최하가 통해야 하는 것이고, 성과 속이 하나가 되는 경지이다.

'나무와 인간'이 수평이 되는 각도는 한데, 나무에게마저도 같은 자세를 요구한다. 나무도 가장 높은 곳에서 "한껏 자세 낮출" 때 '나'가 기특한 녀석으로 보일 것이다. 바로 이 지점이 옛날의 '영혼숭배사상[5)]'이 현대의 사상으로 전화되는 자리이다. 나무의 저 찬란함은 나무가 우뚝 서서 수직의 높이를 만들기 때문이 아니라, 수직의 자세를 최대한도로 낮출 때만 그 드러난 가치를 획득할 것이다.

이로써 나무의 찬란함은 그 자체로서 요구사항을 내장한다. 다시 말해 위대함 안에 소망이 내장되는 것이다. 이때 비로소 자연의 위대함은 사람에게로 옮겨질 수 있을 것이다. 원재길 시의 '생명 기운'의 방향성은, 사람에게 와서 자연에게로 옮겨 붙고는 다시 사람에게로 전이된다. 이것

---

5) 이에 대해서는 최근 필자가 '동인문학상 심사독회 의견'으로 제출한 글에서 설명한 적이 있다. 관심 있는 분은 다음 링크를 참조하기 바란다 : https://circeauvol.tistory.com, "건달 사상을 찾는 일의 의미 - 구자명의 『건달바 지대평』".

이 현 시집에 나타난 원재길 시의 근본 형식이라고 독자는 생각한다.

4. 안빈낙도와 불복종 사이

원재길의 자연 지향은 근본적 차원에서 인간주의의 다른 형식이다. 이것은 현대인을 무기력으로부터 구출하기 위해 도출된 특이한 운산식으로 이루어진 것이다. 그렇다면 독자는 시인이 어떤 경로를 거쳐 이런 방정식에 이르렀는가가 궁금해질 것이다.

바이러스, 비말 감염, 대기 오염 같은 단어에 묻혀 살다 보니, 산소가 모자라 물 위에 주둥이 올리고 뻐끔대는 물고기 신세가 되었어요. 물고기는 폐결핵을 앓던 스물대여섯 살 때를 자주 떠올려요. 어느 봄밤 방바닥에 신문지를 펼치고, 붉은 꽃 뚝뚝 떨어뜨리며 가슴지느러미를 쥐어뜯었어요. 천연기념물 제주 한란을 뭍으로 내려던 이들이 붙들리고, 남미에서 납치된 선원들이 돌아왔다는 기사가 꽃물에 지워졌어요. 새벽에 응급실로 실려갔고, 그 뒤로 주사를 하도 많이 맞아 온 엉덩이에 굳은살이 박였어요. 바늘이 휘어 더는 스트렙토마이신을 몸속에 넣을 수 없어 쩔쩔맸지요. 물고기는 누구보다 자기 허파가 약하니, 맑은 공기를 많이 마셔야 한다는 걸 알았어요. 그때부터 지금껏 날마다 새벽 산책으로 하루를 열어요. 속초건 남해건 부안이건, 어디에 있든지 별빛 종종 쫓으며 해

뜰 때까지 헤엄쳐 돌아다녀요. 허파는 하루 가운데 가장 깨끗한 공기를 맘껏 빨아들이고, 즐거이 노래하며 꽈리를 불어요. 그 소리를 또렷이 듣고, 물고기 귀는 덩달아 기뻐 팔랑거려요.

—「물고기 귀」 전문

이 시에 직접적인 원인이 밝혀져 있다. 이 시에서 독자는 이야기와 비유를 동시에 읽을 수 있다. 이야기를 통해서는 시인의 사연을, 비유를 통해서는 그의 태도를 읽는다.

이야기의 내용은 이렇다.

(1) 나는 호흡기 질환으로 자리에 눕는다.
(2) 그 사이, 세상에서는 여러 사건들이 일어나지만, 나는 그런 기사가 실린 신문지 위에 피를 토하고 응급실에 실려간다.
(3) 죽을 고비를 넘기고 병원의 치료 관리에 속박된다.
(4) 간신히 살아난 뒤, 스스로 몸을 다스려야 함을 깨닫는다.
(5) 매일 새벽 산책을 하면서 건강을 회복한다.
(6) 자연과의 일체감을 느끼며 행복에 젖는다.

이 이야기는 시인 원재길이 '자연인'이 된 내력을 역력하게 전하고 있다. 이 결과가 과거를 삼켜서, 과거가 자연의 비유를 얻게 된다. 병에 걸린 '나'는 물 위로 올라온 '물고기'가 되고, '토한 피'는 '꽃물'이 된다.

이 비유는 사후적 진실을 통해서 과거의 변형을 혹은 일

신(一新)을 요청한다. 즉 과거의 사람은 이제 새 사람으로 다시 태어나야 한다. 이런 요청이 앞에서 본 '홍원창'을 구성하는 3중의 방정식을 낳았다고 할 수 있다.

이런 자연주의를 우리는 '자연으로부터의 인간주의'라고 말할 수 있을 것이다. '자연으로부터의'라는 수식어를 명료히 증명하는 게, 시의 제목인 「물고기 귀」이다. '물고기 귀'는 시적 화자의 귀이다. 시적 화자는 현재 '물고기'로, 즉 자연으로 동화되었다. 그러나 그 행동은 인간의 행동, 정확하게 말해 자연을 본받기로 작정한 인간의 행동이다. 따라서 '자연으로 동화'에서 '동화'의 정확한 뜻은 '본보기로 삼아'이다.

이 '자연주의'는 독자가 보기에 동양의 자연귀의주의, 즉 '안빈낙도' 사상에 잠복된 '인간주의'(이에 대해서 나는 여러 번 언급한 바 있다)와 엇비슷한 듯하지만, 다르다.

동양의 '안빈낙도' 사상은 도연명에 의해 대표된다고 할 수 있다. 그렇다 해도 그것이 그만의 특유한 태도는 아니다. 이번에는 다른 시를 통해서 살펴보자. 왕유(王維)의 「산거추명(山居秋冥)」이다.

空山新雨後, 부슬부슬 텅 빈 산에 막 내린 비로
天氣晩來秋. 저녁 되자 날씨가 가을 기운 머금었다.
明月松間照, 소나무 사이에는 밝은 달이 비치고
清泉石上流, 바위 위엔 맑은 샘이 졸졸 흐른다.

竹喧歸浣女, 댓잎이 사각사각 빨래하던 아낙 돌아가고
蓮動下漁舟. 연잎이 흔들흔들 고깃배가 내려간다.
隨意春芳歇, 자연의 섭리 따라 봄풀은 시들었어도
王孫自可留. 왕손이 스스로 머무를 만하도다[6].

자주 인용되는 시이다. 이 시를 두고 번역자는 다음 평을 소개한다.

청(淸) 황생(黃生)은 『당시구(唐詩矩)』에서 "왕유는 본디 공려(工麗)함으로부터 시작했는데 만년에 평담(平淡)함을 더하여 마침내 천연스러움에 이르렀으니, '소나무 사이에는 밝은 달이 비치고, 바위 위엔 맑은 샘이 졸졸 흐른다'와 같은 것은 익힌 음식을 먹고 사는 속인들이 말할 수 있는 바가 아니다"라고 했다[7].

청명한 자연 묘사에 대해 깔끔한 찬사를 보내고 있다. 그러나 이 자연 묘사는 곧바로 사람의 소유에 대한 지적으로 이어진다. 먼저 기본 관점이 자연 그 자체의 아름다움이 아니라 자연에서 노니는 자의 향유에 초점이 맞추어져 있다. 그리고 더 나아가 이 향유는 '속인'에게는 해당하지 않는다고 덧붙인다.

6) 형당퇴사(엮음), 『당시 삼백수 1』, 류종목 외 옮김, 소명출판, 2010, p.504
7) 같은 책, pp.505~506

실로 시의 말미에 "왕손이 스스로 머무를 만하도다"라고 적혀 있다. 이 자연 귀의 사상은 철저히 인간주의적인 것이다. 그리고 인간에도 한계가 정해져 있다. 자연은 고고한 사람, 정신적 귀족의 도구이다. 실제로 이 사람들은 정쟁에서 패배해 유배지로 혹은 고향으로 떨어져나온 이들이 대부분이다. 자발적으로 자연이 좋아서 자연으로 들어온 사람은 없다고 해도 과언이 아니다.

원재길의 자연주의도 인간주의의 한 변형인 것은 맞으나, 그에는 인간 사이의 분할이 없다. 즉 '휴머니즘'의 본뜻에 가깝다는 얘기다. 이제 시인이 '전지적 관조'의 시점을 취한 것이 보편적 휴머니즘에 근거하기 때문임을 알 수가 있다. 그리고 동양의 자연주의가 향락적 인간주의의 변형이라면, 원재길의 자연주의는 반성적이다. 게다가 그 반성 속에는 자연이 개입될 이유가 분명히 들어 있다. 시의 '전지적 관조'는 시인을 포함한 인간 자신에게로 선회한다. 즉 '전방위적 내성(內省)'의 시선이 되는 것이다.

다른 한편, 서양의 자연주의와는 어떻게 비교될 수 있을까? 장-자크 루소를 비롯, 서양에도 무수한 자연주의의 분파들이 있다. 이 자리에서는 한국인에게 가장 널리 읽힌 헨리 데이빗 소로우Henry David Thoreau와 간단히 비교해 보기로 한다.

소로우의 태도는 그의 대표저작 『월든』의 두 번째 장에 핵심이 들어 있다. 그런데 그 첫 장인 「숲 생활의 경제

학」에서 표명된 "나는 사람의 꽃과 열매를 원한다.[8]"를 먼저 주목해야 할 것이다. 독자가 보기에 그것이 월든의 근본 소망이다.

이 소망은 소로우와 원재길을 근접시킨다. 둘 모두 자연의 삶을 모범으로 삼고 그에 동화되는 데서 인간 삶의 바른 방향을 보고 있는 것이다. 그런데 제2장 「나는 어디서, 무엇을 위하여 살았는가」를 곰곰이 읽으면 소로우의 행동은 자연에 귀의하거나 자연을 모방하는 방식을 통해서가 아니라 자연을 '장악'하는 방식으로 나타난다는 것을 알 수가 있다. 독자가 보기에 이 태도는 지극히 전략적이다. 이 태도의 형태는 자본주의 사회의 소유 욕망의 발현태와 다르지 않기 때문이다. 그는 슬그머니 자연에서의 삶을 문명인에 의한 자연 장악으로 보는 개발자의 태도를 취한다. 그러나 실제로 그가 행하는 자연 개발은 순전히 상상 속에서만 이루어진다.

> 나의 상상력은 내가 몇 개의 농장 매입 우선권을 갖는 데까지 이르렀다. 그런데 이 매입 우선권이야말로 내가 바라던 전부였고, 실제로 내가 땅을 소유함으로써 겪을 수도 있는 따끔한 맛을 본 적은 없었다. 내가 실제로 땅을 소유할 뻔했던 것은 할로웰 농장을 샀을 때였다. 그 농장을 산 다음, 나는 그곳에 뿌릴 씨앗을 고르기 시작했으며, 씨앗을 운반할 외바퀴 수

8) 헨리 데이빗 소로우, 『월든』, 강승영 옮김, 이레, 2002, 개정판 5쇄, p.110

레를 만들 재료도 모았다. 그러나 땅 주인이 나에게 문서를 넘겨주기 전에 그의 아내의 마음이 바뀌어(누구에게나 이런 아내가 있다), 농장을 팔지 않으려 했고 땅 주인은 해약금 조로 내게 10달러를 주겠다고 했다. (…)/그러나 나는 그 사람더러 10달러도, 농장도 그냥 두라고 했다. 왜냐하면 나는 이 농장을 이미 소유할 만큼 소유했기 때문이다. (…)/그리하여 나는 나의 청빈에 아무런 손상을 입히지 않고도 잠시 동안이나마 부자가 된 경험을 갖게 되었다. 그러나 나는 농장의 경치만은 그대로 소유하기로 했으며, 그 후에도 손수레를 사용하는 일이 없이 해마다 경치의 소득을 거두어 왔다. (…)/나는 흔히 시인이 어느 농장의 가장 값진 부분을 즐기고 물러나는 것을 보는데, 이때 무뚝뚝한 농부는 그 시인이 그저 야생사과 몇 개를 따 갔으려니 하고 생각할 뿐이다. 그 농부는, 시인이 그의 농장을 눈에 보이지 않는 가장 훌륭한 울타리인 운율 안에 옮겨 놓고, 거기에 가둔 채 젖을 짜고 지방분을 걷어낸 다음 크림은 전부 가져갔으며 자기에게는 찌꺼기 우유만을 남겨 놓았다는 것을 몇 해를 두고도 알지 못하는 것이다.[9]

자연 개발을 오로지 상상 속에서만 행하는 과정 속에서 인간은 자연을 마음으로 차지한다. 그러나 자연은 전혀 다치지 않고 변함없는 사계를 순환한다. 그 과정 속에서 인간은 점차로 자연과 하나가 되어 간다.

9) 같은 책, pp.117~119

(1) 나의 상상 속에서 이 집은 다소나마 그러한 여명의 특징을 하루 종일 지니고 있었으며, 내가 1년 전에 방문했던 산 위의 어떤 집을 기억나게 했다. 그 집은 회벽을 붙이지 않은, 바람이 잘 통하는 오두막집이었는데, 신이 여행하다 들르기도 하고 여신이 옷자락을 끌며 서성일 만한 집이었다[10].

(2) 그처럼 가벼운 겉옷만을 걸친 이 집의 뼈대는 내 주위에 형성된 하나의 결정체 같은 것이었고 집을 지은 사람인 나에게 반응을 했다. 이 집은 윤곽만을 그린 그림처럼 암시적이었다. 나는 구태여 바람을 쐬기 위해 밖에 나갈 필요가 없었다. 집 안의 공기가 조금도 그 신선함을 잃지 않았기 때문이다. 집 안에 있었다기보다는 차라리 문 뒤에 앉아 있었다고 하는 표현이 옳을 것인데, 그것은 비가 몹시 오는 날도 마찬가지였다. 인도의 옛 시〈하리반사〉를 보면 "새들이 없는 집은 양념을 치지 않은 고기와도 같다"라는 말이 있다. 나의 집은 그렇지 않았으니, 나는 갑자기 나 자신이 뭇 새들의 이웃이 되었다는 것을 깨달았다. 내가 새들을 잡아 가두어서가 아니고 내 보금자리를 그들 곁에 만듦으로써 그렇게 된 것이었다. 나는 정원이나 과수원 주위에서 흔히 볼 수 있는 새들뿐 아니라, 마을 가까이에 와서 노래 부르는 일이 전혀 또는 거의 없는, 보다 야생적이고 보다 우리의 흥분을 자아내는 숲속의 노래꾼들인 티티새, 개똥지빠귀, 붉은풍금조, 바위종다리, 쏙독새와 그

---

10) 같은 책, p.122

밖의 많은 새들과 더욱 가까운 사이가 되었다[11].

(1)에서 저자는 자신의 집에 '여명'의 특징을 주기를 원하면서 "회벽을 붙이지 않은, 바람이 잘 통하는 오두막집"이 되기를 꿈꾼다. 그 결과가 (2)에서 묘사된 대로 앙상한 뼈대만을 가진 오두막에 바람이 거침없이 들락거리는 동안에 야생의 작은 숲처럼 변해 버려서 새들이 이곳저곳에서 서식하는 터전으로 화한 모습이다.

소로우의 태도는 두 가지 문제를 제기한다. 소로우의 '자연상태로 환원되는 과정'에 최초의 실마리가 되었던 '상상의 차지'는 주관적 몽상에 지나지 않는 것이 아닌가? 자연에서 생계를 유지하는 어떤 사람도 소로우와는 반대 방향으로 살 것이기 때문이다.

이 첫 번째 문제는, 그러나 소로우가 이 책에서 등장인물들과 대화를 하는 게 아니라, 독자와 씨름을 하고 있다는 점을 유념할 때 이해가 된다. 이미 '상상적 소유'라고 표방된 태도가 일종의 전략적 행위임을 보았다. 그로부터 출발해 소로우의 글의 진행은 글 속에 나오는 '시인과 농부'의 대조 자체가 아니라, 그 대조를 읽고 비교하며 숙고할 독자를 겨냥하여 그의 깊은 성찰을 유도하기 위한 '유위변전'을 연출하고 있다고 판단할 수 있는 것이다.

한데 이런 저자의 태도는 두 번째 문제로 곧장 연결된

11) 같은 책, p.123

다. 소로우의 이런 태도는 자연의 정당성과 권능에 대한 전적인 신뢰에 근거하고 있다는 점이다. 실로 소로우는 자연에 근거해서 사람의 방침을 조정할 뿐, 자연 그 자체를 근심하지는 않는다. 바로 이것이 원재길의 시와 결정적으로 차이가 나는 점이다.

소로우와 원재길의 차이는 시대의 변화에서 답을 구할 수 있다. 소로우(1817~1862)는 19세기 사람이다. 소로우에게 있어서 자연이 근심의 대상이 되지 않는다는 것은 19세기에 환경 문제가 본격적으로 인지되지 않았다는 정신적 환경과 연관이 있다고 볼 수 있다. 환경 문제가 인류의 가시권 안으로 들어온 것은 20세기 중반 이후로 알려져 있으니, 그 전까지 자연/문명의 대립은 확고한 분할선을 이루면서, 자연의 불변성 또한 의심되지 않았을 것이다. "나는 사람의 꽃과 열매를 원한다"에 표명된 스스로 자연상태가 되고자 하는 소로우의 방향성은 자연의 불변함에 대한 당연한 확신을 바탕으로 세워지며, 이로부터 사회에 대한 '불복종'의 이념으로서의 자연주의가 성립하게 된 것이라고 할 수 있다. 앞에서 보았듯, 소로우와 에머슨Ralph Waldo Emerson의 자연주의에 '초월주의Transcendentalism'라는 이름이 붙고, 실제 그들이 '초월주의 클럽'을 창설해 활동했다는 것은 그들에게 자연이 '탈사회'로 이해되었다는 것을 가리킨다. 그래서 자연은 "문명의 잠식"에 의해서 위험에 처하게 될 수는 있지만, 문명이 공간의 침범을 하지 않고, 오히려 그 자연을 '천연공원'의 이름으로 보존한다 하더라도, 훼손될 수 있다는 사태까지 예견하기는 어려웠을 것이다.

5. 자연—문명의 연동성이 가리키는 바

반면 시인 원재길은 20~21세기를 거쳐 살아가고 있는 사람이다. 인류의 생존과 직결되어 있다는 환경 문제가 전 세계인의 화제로 등장한 시절이다. 이제 사람들은 문명의 발달이 자연의 파괴로 연결되며, 따라서 초월적 근거지는 존재할 수 없다는 것을 알게 되었다. 이제 자연/문명은 대립하는 게 아니라, 연동한다. 문명의 발달이 자연을 파괴해 왔다면, 두 가지 대안이 제시된다. 하나는 문명의 발달을 억제하더라도 자연을 보존해야 한다는 것이다. 이는 루소 이래 수도 없이 촉구되어 온 항변의 목소리들을 구성해 왔다. 그러나 최근의 '그린피스'에 이르기까지 이런 저항이 문명을 추동하는 욕망을 능가했다고 진단할 수가 없는 게 오늘의 현실이다.

원재길의 시가 제안하는 두 번째 대안은 자연과 문명의 연동성에 관련되어 있다. 다만 이 시집은 그런 거대한 문제 전체에 고성능 탐사경을 돌리는 게 아니라, 그 초입에 집중하고 있다. 즉 '자연과 문명'의 관계의 모형인 '자연과 인간'의 관계에 집중하여, 자연-인간의 연동성을 탐구한다. 그 탐구의 기본 주제는 다음 시구에 제시되어 있다.

자연은 인간의 근원
생명의 하나인 인간도
자연이에요.
자연과 인간이 합쳐 사는 게
우주의 법칙이고 섭리
이보다 완벽한 것은 없어요.

—「글밭」 부분

시구 자체만을 보면 독자는 썩 추상적인 일반론을 읽는 듯하다. 그러나 이 일치를 오늘의 환경 문제에 적용하면, '자연을 살려야 인간이 회생할 수 있다'는 아젠다로 현상된다. 이 의제는 앞의 '자연 보존'을 촉구하는 주장들과는 다른 것이며, 인식과 행동의 새로운 지평을 여는 것이다.

새롭다 하더라도 이 강령이 아주 낡은 듯한 추상적 '섭리'의 발판에 기댈 수밖에 없는 건 이 회생 절차가 회심으로부터만 가능하기 때문이다. 욕망은 본능으로부터 나와 사회의 일반 규제원리와 타협하면서 발전한다. 그것이 인류가 진화해 온 자연 법칙이었다. 그것이 몸의 원리로서 '체질화'되었다는 말이다. 이 자연 법칙이 인간과 자연의 분리, 그리고 자연 개발이라는 행동 원리로 현상되었다면, 이에 반하는 자연 존중 혹은 자연 참조라는 의제는 매 순간 모종의 결단을 요구한다. 이 결단, 즉 회심은 문명의 방향을 재조종하여, 자연의 보존이 문명의 발달에 기여하고, 거꾸로도 그리할 수 있는 길을 찾아가게 할 것이다. 궁극적으로 그것은 '인류세' 너머의 시대를 준비할 것이다. 지평은 크게 열려 있지만, 그 '너머'로 가는 길은 쉽지 않다. 그것은 본능을 개혁하는 일이기 때문이다.

중세의 문헌들은 인간과 자연의 분리가 마을과 숲의 분리로부터 도드라지기 시작했다고 전하고 있다. 그 점에 유념한다면, 다음의 시는 시인이 인류의 욕망이 개시된 문턱에서부터 이 회심이 일어나야 함을 무의식적으로 감지하고 있었다고 봐야 할 것이다.

벼랑 끝 바위에 올라
왼쪽에서 오른쪽 끝까지 쓱
풍경을 바라보며
한 사람이 외친다.
단풍 든 숲이
너무너무 멋지네.

또 한 사람은 느리게
온 산을 훑는다.
나무들을 한 그루
또 한 그루
가까이 당겨 놓고
잎 하나하나 살핀다.

반질거리는 잎
푸석푸석한 잎
도르르 말린 잎
벌레 먹은 잎
절반쯤 푸르고
절반쯤 붉은 잎.

그리고 중얼거리기를
너나없이 참
곱고 예쁘네.
이럴 때 나무를 보고
숲을 못 본다는 말은
바위 밑에 슬쩍
넣어 두기로 한다.

그가 다시 중얼거리기를
모두가 같은 나무는 아니고
저마다 조금씩
다른 빛
다른 모양으로
정성껏 스스로를 꾸며
한껏 풍경을 아름답게 하네.

사람 사는 세상도 이와 같아
모두가 생각 다르고
제멋대로 꾸몄지만
서로 가르고
누르지 않으며
보듬고 나눌 때
고루 아름답다.

—「고루 아름답다」 전문

"나무를 보고/숲을 못 본다는 말"은 실상 타자를 개발하는 데 쓰이는 이데올로기적 구호의 하나이다. 대상과 나의 연동성을 깨닫는 사람은 그런 '조감도'가 아니라, "정성껏 스스로를 꾸며/한껏 풍경을 아름답게 하"는 숲 그 자체의 운동을 느껴야 할 것이다. 이 차이는 너무나 큰 것이며, 이 차이에서 전환을 이루기란 또한 너무나 어려운 것이다.

따라서 이 시집에서 독자가 주의 깊게 느껴야 할 시적 감흥은 두 단계에 걸쳐진다. 첫 번째 단계는 자연과 인간의 연동성에 관한 깨달음을 제공하는 시편 혹은 시구들의 음미이다. 이에 대해선 지금까지 비교적 상세하게 풀이하였다. 그 기본 노선을 사람→자연→사람이라고 하였고, 그것을 개념화해 '자연으로부터의 인간주의'라고 하였다.

두 번째 단계에서 독자는 원재길의 이념을 감각적으로

느끼게 하는 물활(物活)적 움직임을 눈여겨보는 것이다. 즉 그 이념이 '자연'에 대한 근심에서 출발할 것인데, 그렇다면 시인은 자연을 어떻게 살려낼 것인가?

이 또한, 아니 더욱, 쉽지 않은 일이다. 자연 훼손의 양태와 방식들이 시일이 지날수록 더욱 다변화되고 정교화되었기 때문이다. 시인은 자연 훼손이 단순히 개발의 욕망을 통해서만 일어나는 것이 아니라는 점을 깨닫는다. 그것은 개발의 욕망이 아니라 자연 미화의 충동을 통해서 더욱 교묘하게 확산된다. 이런 시를 보자.

어디 축하하러 가는 길
시내 꽃가게 들러
필로덴드론 콩고
어느 나라 국화인가 싶은
낯선 이름표 보여
그 꽃과 눈 맞춘다.

얼굴 바짝 들이대니
꽃이 흠칫 놀란다.
새하얀 암술 파닥 떨며
꽃잎 오므린다.
꽃빛 더욱 붉어지며
붓 닮은 꽃대를 떤다.

나비를 홀려
내려앉게 하려고
이리 예쁘게 꾸몄을까.
천장에서 윙윙
무언가 나는 소리 들린다.

선풍기 아래
갈색 점이 떠 있다.
풀숲에서 말벌한테 쏘여
두꺼비처럼 손등 부은 적 있어
목 움츠리고 재빨리
다른 꽃 둘러본다.

벌은 덜 예쁜 꽃은
덜 좋아하겠지
그런 꽃을 찾는데
하나같이 예쁘다.
콩고 꽃 사 들고
서둘러 꽃가게를 나선다.

차 속으로 달려 들어가
땀 닦고 숨 돌리는데
말벌이 쌩 날아와

어디로 달아나려 하냐며
앞창에 딱 붙어
뚫어지게 쳐다본다.

—「우화 1 · 작은 꽃」 전문

화자는 꽃을 사려고 꽃 가게를 들렀다. 꽃 가게의 꽃은 삶의 은유이다. 꽃의 아름다움은 인간의 삶을 찬란히 장식한다. 그러나 은유의 대가는 대상의 살해이다. 꽃은 인간을 미화하고 자신은 토양을 잃은 채로 시들어 죽는다. 인간의 자연 개발은 여기서 자연 꾸밈이라는 의장(意匠)으로 정교해진다. 인간은 자연을 활용하면서 동시에 자연을 드높이는 척, 자신을 정당화하면서, 자연의 장식을 입는다. 모든 자연 예찬은 결국 위선의 노래는 아닌가? 시집의 후반기로 갈수록 시인의 근심은 더해 가는 듯하다. 그의 근심은 '구름 위에서 숙면하는 상상 속의 물고기'를 비웃는 어린 학생들이

모든 학생들 물고기로 바뀌어
아가미 벌렁
주둥이 빼끔
지느러미 흔들며 버둥버둥
사람 물고기 살려, 하고

한꺼번에 목청껏 외

—「하늘을 나는 물고기들」 부분

치는 재앙적인 환각으로까지 발전한다.

그러나 독자는 시집의 앞자리에서 인간과 감응하며 스스로 꿈틀대는 장관을 본 적이 있다.

구름 모자는 날 만난 듯
이야기보따리를 풀고
산꼭대기는 말을 안 끊으려고
꾹꾹 참다 쿡쿡 웃어요.
덩달아 웃던 돌멩이들
저 아래 용머리 해안 쪽 비탈로
똑똑 또르르르 굴러요.

용머리 귓불쯤을 걷던
눈과 귀 밝은 산책객
발 멈추고 고개 돌려
산을 올려다봐요.
입 조금 벌리고 눈 끔벅
둘렛길로 다시 발 옮기며
그 모자 참 멋지다고 감탄하는데

멍게와 해삼 앞에 놓고
바위 그늘에 앉은
씩씩한 아주머니
어서 이리 오라고 손 당기며
큰소리로 외치길,
구름 모잘랑 그만 배리곡
이거 허끔 사당 드릅씁서.

—「구름 모자」 부분

'자연 곡마단'의 이 멋들어진 공연은 독자에게 연출자의 방법론을 궁금케 한다. 겉으로 드러난 것으로 보면, 바로 앞 연,

어른들은요,
자기 속에 아직
저 같은 어린이가 살고 있다는 걸
모르고 산대요.
삶이 팍팍해서라는데
그게 무슨 말인지는 모르겠고
아주 재미난 일이 또 있어요.

에서 지시된, '어린아이-되기'라는 신체의 현상학적 환원과, 인용부의 마지막 두 행이 가리키는 대로 현실의 언어

가 아닌 체험의 언어(방언)로 말하는 법에 단서가 있다. 그러나 이 두 개의 방법론 자체가 인간들의 문예학과 사회범절론에서 수없이 활용되며 절차탁마된 인간 성화의 장치들이기도 하다. 과거의 한 철학자의 말을 빌리자면, 이 장치들은 "이데올로기로 포화되어 있다."

그러니 나는 좀 더 실감나는 음미와 연출을 독자 제현과 시인에게로 건네고자 한다. 아마도 내가 채 읽어내지 못한 비법들이 시편들의 사방에 들깨처럼 스며 있을 수도 있고, 시인이 미모사의 잎들처럼, 그것들의 방어기능을 표현기능으로 바꾸는 일에 나서 보도록 권하는 데서 진전을 볼지도 모른다. 하나의 단서가 될 수도 있는 이야기 하나를 해 보자.

앞에서 원재길 시의 근본형식이 '사람→자연→사람'이라고 하였다. 이때 이 전이가 온전히 이행되려면 수평성의 확보가 중요함을 보았다. 인간이 나무와의 수평성을 만들려면 인간이 최대한도로 낮춘 자세를 취하는 것임을 알았다. 그런데 이 수평성은 또한 동시에 상호적이다. 그래서 사람이 자세를 낮춘다면 나무도 그래야 한다. 즉 이 요구는 내용뿐만 아니라 형태에도 적용된다. 높이 솟은 나무가 어떻게 하면 한껏 낮춘 자세를 취할 수 있을 것인가? 다시 그 시구를 읽어 보자.

사람이 사람 볼 때도

한껏 자세 낮추면 올려본각
덩달아 마음 낮추게 되겠지.
그만 일어나 나무를 껴안는데
기특한 녀석, 하고
잔가지로 머리를 쓰다듬는다.

—「참나무」 부분

나무가 몸을 낮춘다고 해서, 나무의 동체가 구부러질 수 있는 건 아닐 것이다. 소나무의 휘어짐이 그런 의미를 품고 있다고 누가 주장한다면, 그건 정말 그렇게 주장하는 사람이 그 알고리즘을 풀어내야 하리라. 이 시구에는 그런 암시는 없다. 대신 다른 단서가 있다. 바로 '잔가지'이다. 즉 동체와 잔가지의 연동성, 즉 나무 안의 기관들의 연동성이 잔가지에게 제안할 어떤 자세일 것이다. 독자들은 이 시집을 거듭 읽는 과정을 통해 이 '어떤'의 형상을 짐작하게 될지도 모른다.

그동안 나는 시인이 제안한 '자연으로부터의 인간주의'를 마음속에서 곰곰이 굴려 보고자 한다. 내게 이 독서는 나의 일상에 난입한 썩 낯설고도 상쾌한, 그 때문에 아직도 내 살갗 위에서 서걱거리는, 기특한 체험이었으니!

(문학평론가, 연세대 국문과 교수)

|시인의 말|

오래도록 시를 못 쓰고 지냈다. 뒤늦게 그림을 그리기 시작해 개인전을 두 번 열었을 때, 내가 그동안 그림 속에 시를 써 왔음을 퍼뜩 깨달았다.

무릇 시라는 것은 꼭 문자의 형태를 갖추어야 하는 건 아니고, 그림이 시일 수 있고, 사람이 시일 수 있고, 저 새소리와 구름과 솔숲 향기가 시일 수도 있다는 것.

원고지를 펼치자 그 시들이 저절로 옮겨졌고, 다듬고 보태어 오늘 시집으로 엮게 되었다. 설레고 기쁘다.

2023년 여름
봉림산 자락에서
원재길

표지 그림

「들소 바위」, 캔버스에 유채, 72.7 x 60.6 cm, 2020

본문 그림

「부론 흥원창」, 캔버스에 유채, 53 x 45.5 cm, 2022

「오월의 색」, 캔버스에 유채, 45.5 x 53 cm, 2021

「오, 로라!」, 캔버스에 유채, 72.7 x 60.6 cm, 2021

「금계국이 자라는 강둑」, 캔버스에 유채, 53 x 45.5 cm, 2021

원재길

1959년 서울에서 태어나 연세대 사학과를 나왔고, 같은 대학원 국문과 석사과정을 마쳤다. 1986년 시동인지 「세상읽기」, 문예지 「한국문학」 「문예중앙」에 시를 발표하기 시작했다. 시집 『지금 눈물을 묻고 있는 자들』(문학과비평, 1988), 『나는 걷는다 물먹은 대지 위를』(민음사, 2004)을 냈다. 『들소 바위』는 열아홉 해 만에 내는 세 번째 시집이다. 장편소설 『겉옷과 속옷』(문이당, 1993)을 발표하며 소설가로도 활동하여 『장선생, 1983년 9월 원주역』(단강, 2020)에 이르기까지 열다섯 권의 소설을 냈다. 2023년 9월 현재 개인전을 여섯 차례 연 화가이기도 하다.

들소 바위

발행일	2023년 9월 20일 초판 1쇄
지은이	원재길
디자인	원새록
편집	이상희
펴낸이	원재길
펴낸곳	단강
등록	2017년 11월 6일 제419-2017-000023
주소	강원도 원주시 부론면 사기막길 388
전화	033-761-8796
전자우편	dan-gang@daum.net

Printed in Seoul, korea

ISBN 979-11-963225-5-7 03810